길레느

리랴

파울로

제니스

실피에트

록시

루데우스

인물소개

2세

5세

3세

6세

생전

7세

무직전생

이세계에 갔으면 최선을 다한다

①

글 **리후진 나 마고노테** 일러스트 **시로타카** 옮김 **한신남**

無職転生　～異世界行ったら本気だす～　1

©Rifujin na Magonote 2014
Edited by MEDIA FACTORY
First published in Japan in 2014 by KADOKAWA CORPORATION, Tokyo.
Korean translation rights arranged with KADOKAWA CORPORATION, Tokyo.

이 책의 한국어판 저작권은 일본 KADOKAWA CORPORATION과의 독점계약으로
(주)학산문화사에 있습니다.
저작권법에 의해 한국 내에서 보호를 받는 저작물이므로 불법 복제와 스캔 등을 이용한
무단 전재 및 유포·공유 시 법적 제재를 받게 됨을 알려드립니다.

CONTENS

제1장 유년기

"눈앞에 절벽이 있다.

　발을 내딛어 지면에 떨어질 것인지,

　그 자리에 남아서 계속 욕만 할 것인지는 네 자유다."

—— **I do not want to work, whatever it may be said by whom.**

글 : 루데우스 그레이랫

옮김 : 진 RF 매곳

제 1 장

유년기

프롤로그

나는 34세에 주소도 제대로 없는 무직.

신 나게 인생을 후회하는, 뚱뚱하니 못생긴 나이스 가이다.

딱 세 시간 전까지는 거주지도 제대로 있는, 단순한 골방지기 베테랑 니트족이었다.

하지만 어느 틈에 부모님이 돌아가셨다.

방에만 틀어박혀 살던 나는 장례식은 물론이고 친척 회의에도 출석하지 않았다.

그 결과 멋지게 집에서 쫓겨나게 되었다.

벽과 바닥을 두들기며 소리치는 법을 마스터하고 집에서 방약무인하게 지내온 나를 편들어 주는 사람이라곤 아무도 없었다.

장례식 당일, 브릿지 자ㅇ 중에 갑자기 상복 차림의 형제자매들이 방에 난입하더니 절연장을 들이밀었다.

무시했더니 목숨보다도 소중한 내 컴퓨터를 동생이 나무배트로 파괴했다.

반쯤 미쳐 날뛰어 보았지만, 가라테 유단자인 형에게 오히려 내가 신 나게 두들겨 맞았다.

꼴사납게 울면서 넘겨 보려고 했더니 몸에 걸친 것만 가지고 집에서 쫓겨났다.

욱신거리는 옆구리(아마도 갈비뼈가 부러졌을 것이다)를 누르면서 터벅터벅 거리를 걸었다.

집을 뒤로했을 때 들리던 형제들의 폭언과 욕설이 아직도 귀에 남았다.

참아줄 수 없는 폭언이었다.

마음은 완벽하게 꺾였다.

내가 대체 무슨 짓을 했단 말인가.

부모님의 장례식을 무시하고 무수정 로리타 동영상으로 자○ 좀 했기로서니….

이제부터 어쩐다.

아니, 머리로는 알고 있었다.

아르바이트나 정규직을 찾고, 살 장소를 찾고, 먹을 것을 산다.

어떻게?

일을 찾는 방법을 모르겠다.

아니, 잘은 모르지만 헬로워크*라는 곳에 가면 된다는 것 정도는 안다.

하지만 괜히 10년 이상 틀어박혀 산 게 아니다. 헬로워크가

※헬로워크 : 일본 후생노동성이 운영하는 취직 지원, 고용 촉진 사이트.

어딘지 아는 것도 아니고, 게다가 헬로워크에 가도 일을 소개받을 뿐이라고 들었다.

소개받은 곳에 이력서를 가지고 가서 면접을 봐야 한다. 곳곳에 얼룩과 땀과 피가 묻은 더러운 스웨터 차림으로 면접을.

될 리가 없다. 나라면 이런 크레이지한 차림을 한 녀석을 채용하지 않는다. 공감은 살지도 모르지만 절대로 채용하지 않는다.

애초에 이력서를 파는 가게도 모른다.

문방구일까? 편의점일까?

편의점 정도야 걸어가면 있을지도 모르지만 돈이 없다.

혹시 그걸 클리어했다고 치자.

운 좋게 금융기관이나 그런 곳에서 돈을 빌려서 옷을 새로 입수하고 이력서와 필기도구를 샀다고 치자.

이력서란 것은 주소가 없으면 쓸 수 없다고 들은 적이 있다.

막혔다. 여기서 나는 인생이 완전히 궁지에 몰렸다고 자각했다.

"…하아."

비가 내리기 시작했다.

이미 여름도 끝나고 쌀쌀해지는 시기다. 차가운 비는 몇 년이나 입은 스웨터에 어렵잖게 스며들어서 사정없이 체온을 빼앗았다.

"…다시 시작할 수 있다면."

무심코 그런 말이 새어나왔다.

나도 태어나면서부터 쓰레기 같은 놈은 아니었다.

그럭저럭 유복한 가정의 삼남으로 태어났다. 형, 형, 누나, 남동생. 5형제 중 넷째. 초등학생 때는 나이치고 머리가 좋다고 칭찬을 들으면서 자랐다. 공부는 잘하는 편이 아니었지만, 게임을 잘하고 운동도 잘하고 눈치도 빠른, 학급의 중심이었다.

중학생 때에는 컴퓨터부에 들어가서 용돈을 모으고 잡지를 참고하며 자작 PC를 완성, 컴퓨터의 컴 자도 몰랐던 가족에게서 열렬한 찬사를 들었다.

인생이 망가진 것은 고등학교…, 아니, 중학교 3학년 때부터였다. 컴퓨터에 너무 빠진 나머지 공부를 등한시했다. 지금 생각하면 이게 계기였을지도 모르겠다.

공부 같은 건 장래에 필요 없다고 생각했다. 도움이 되지 않는다고 생각했다.

그 결과 현에서 제일 밑바닥이라는 소문의 완전 똥통 고등학교에 입학하는 꼴이 되었다.

거기서도 나는 으스대며 지냈다.

하면 할 수 있는 나는 다른 바보들하고는 애초부터 다르다고 생각했다. 그렇게 생각하며 지냈다.

그 때의 일은 지금도 기억한다.

매점에서 점심을 사려고 줄을 서 있는데 갑자기 새치기하는 녀석이 있었다.

나는 정의한인 척 그 녀석에게 뭐라고 했다. 당시에 괜한 자존심과 중2병 넘치는 성격이었기 때문에 저지른 폭거였다.

하지만 최악이게도 상대는 선배였고, 학교에서 1, 2위를 다투는 위험한 녀석이었다.

결과적으로 나는 녀석에게 얼굴이 부을 정도로 얻어맞고 알몸으로 교문에 매달렸다.

사진도 잔뜩 찍혀서 너무나도 간단히, 반쯤 재미로 온 학교에 퍼졌다.

내 서열은 순식간에 최하층으로 떨어졌고, 포경이라는 별명이 붙어서 놀림받았다.

한 달이나 학교에 안 나가는 동안 등교거부에 골방지기가 되었다. 아버지나 형은 그런 나를 보고 용기를 내라고, 힘내라고, 그런 무책임한 말을 해댔다. 나는 그런 말을 죄다 무시했다.

나는 나쁘지 않다.

그런 상황에서 누가 학교에 갈 수 있을까.

누구든 그런 상황에 빠지면 학교에 갈 수 없다. 갈 수 있을 리가 없다.

그래서 누가 뭐라고 하든 완고하게 방에 틀어박혔다.

또래의 아이들이 죄다 내 사진을 보고 웃는다고 생각했다.

집에서 나가지 않더라도 컴퓨터와 인터넷이 있으면 얼마든지 시간을 보낼 수 있었다. 인터넷에서 영향을 받아 여러 가지에 흥미를 갖고 여러 가지를 했다. 프라모델을 만들거나 피규어를 도색해 보거나 블로그를 운영해 보거나. 그런 나를 응원하는 어머니는 조르기만 하면 얼마든지 돈을 내주었다.

하지만 어느 것이고 1년 내로 질렸다.

나보다 뛰어난 사람을 보고 의욕을 잃었다.

옆에서 보면 그냥 놀기만 하는 것 같았겠지만, 혼자만 시간이 남아돌아서 어두운 껍질 안에 갇힌 나로서는 달리 할 수 있는 게 없었다.

아니, 지금 생각해 보면 그런 건 변명이었다.

만화가가 되겠다면서 엉터리 WEB 만화를 연재해 보거나 라이트노벨 작가가 되겠다면서 소설을 투고해 보는 편이 그래도 나았겠지.

나와 비슷한 처지에서 그러는 사람은 많이 있었다.

나는 그런 사람들을 비웃었다.

그들의 창작물을 보고 코웃음을 치고 '쓰레기보다 못하잖아'라며 평론가인 양 비판했다.

나는 아무것도 하지 않으면서….

돌아가고 싶다.

가능하면 최고였던 초등학생이나 중학생 시절로. 아니, 1~2년 전이라도 좋다. 조금이라도 시간이 있으면 나는 뭐든지 할 수 있다. 죄다 어중간하게 그만두었으니까 뭐든지 중간부터 시작할 수 있다.

마음만 먹고 달라붙으면 1등은 아니더라도 나름 프로가 될 수 있을지도 모른다.

"……."

나는 왜 여태까지 아무것도 하지 않았던 걸까.

시간은 있었다. 그 시간 동안 나는 계속 방에 틀어박혔지만, 컴퓨터 앞에 앉아서 할 수 있는 일도 얼마든지 있었다. 1등이 못 되더라도 어떤 길의 중견으로서 노력하는 것도 충분히 가능했다.

만화라도 좋다, 소설이라도 좋다. 게임이라도, 블로그라도. 뭐든지 진심으로 달라붙었으면 무언가 성과를 남겼을 텐데. 그게 금전과 이어질지는 차치하고….

아니, 그만두자. 헛일이다.

나는 노력할 수 없었다. 분명 과거로 돌아가도 비슷한 일로 무릎 꿇고, 비슷한 일로 멈춰 설 게 틀림없다. 평범한 인간이 무의식중에 뛰어넘는 곳을 뛰어넘을 수 없었으니까, 나는 지금 여기에 있는 것이다.

"음?"

문득 거센 빗속에서 누군가가 다투는 소리를 들었다.

싸움이라도 났나.

곤란한데. 얽히고 싶지 않다. 그렇게 생각하면서도 다리는 똑바로 그쪽을 향했다.

"—그러니까 네가—."

"너야말로—."

한창 다투고 있는 고등학생 셋을 발견했다.

남자 둘에 여자가 하나. 요즘 보기 드물게도 깃 세운 교복과 세일러복.

아무래도 수라장인지, 키 큰 소년과 소녀가 뭐라고 다투고 있었다. 또 한 명의 소년이 두 사람 사이에 끼어서 진정시키려고 했지만, 싸우는 두 사람은 귓등으로도 듣지 않았다.

'그래, 나한테도 저런 시절이 있었지.'

그걸 보고 나는 옛날 일을 떠올렸다.

중학생 때에는 나한테도 귀여운 소꿉친구가 있었다. 귀엽다고 해도 반에서 네 번째나 다섯 번째 정도. 육상부라서 머리를 아주 짧게 자르고 다녔다. 길을 걷다가 열 명과 스쳐 지나가면 두세 명 정도는 돌아보는 외모였다. 물론 어떤 애니메이션에 빠져서 육상부라면 포니테일이어야 한다며 굽히지 않았던 내게 그녀는 돼지나 다름없었다.

하지만 집도 가깝고 초중학교에서도 같은 반이 된 적이 많았기에 중학생 때는 몇 번 같이 하교하기도 했다. 대화를 나눌 기회는 많았고 말다툼을 하기도 했다. 아까운 짓을 했다. 지금의 나라면 중학생, 소꿉친구, 육상부, 그런 단어만으로 세 번은 할 수 있다.

참고로 그 소꿉친구는 7년 전에 결혼했다는 소문을 얼핏 들었다.

소문이라고 해도 거실에서 들려온 형제의 대화지만.

결코 나쁜 관계는 아니었다. 서로 어렸을 적부터 알았으니까 부담 없이 대화했다.

그녀가 나한테 반했을 리는 없다고 생각하지만, 더 공부해서 그 아이와 같은 고등학교에 들어갔으면, 혹시나 같은 육성부에 들어가서 추천입학이라도 했으면 가능성 정도는 있었을지도 모른다. 진심으로 고백했으면 사귈 수 있었을지도 모른다.

그리고 저들처럼 하굣길에 싸우기도 했겠지. 어쩌면 방과 후에 아무도 없는 교실에서 야한 짓도.

흥, 이게 무슨 야겜인가.

'그렇게 생각하면 저 녀석들은 진짜로 리얼충이군. 폭발해 버려… 음?'

그 순간 나는 깨달았다.

트럭 한 대가 세 사람을 향해 엄청난 속도로 돌진해 오는 것을.

그리고 트럭 운전수가 핸들에 고개를 처박고 있는 것을.

졸음운전.

세 사람은 아직 알아차리지 못했다.

"위, 위, 험, 위험, 해."

곧바로 소리치려고 했지만, 10년 이상 제대로 말을 한 적이 없는 내 성대는 아픈 늑골과 차가운 비 때문에 더욱 오그라들어서 한심하게도 떨리는 소리밖에 내지 못했고, 그 소리는 빗소리에 지워졌다.

도와야 한다고 생각했다. 동시에 내가 왜 그런 짓을? 이라고도 생각했다.

하지만 혹시 돕지 않으면 5분 뒤에 분명 후회하리라고 직감했다. 엄청난 속도로 달려오는 트럭에 치여서 완전히 망가져 버린 세 사람을 보고 후회하리라고 직감했다.

도우면 좋았을 것을, 이라고.

그러니까 도와야 한다고 생각했다.

나는 분명 조만간 어딘가에 엎어져서 객사하겠지만, 그 순간만큼은 하다못해 사소한 만족감을 얻고 싶다.

마지막 순간까지 후회하고 싶지는 않다.

구르듯이 달렸다.

10년 이상 제대로 움직이지 않았던 내 다리는 좀처럼 말을 듣지 않았다. 운동을 좀 해 둘걸 하고 태어나서 처음으로 생각했다. 부러진 갈비뼈가 엄청난 고통을 유발하며 내 다리를 멈추려고 했다. 칼슘을 더 먹어 놨어야 했다고 태어나서 처음으로 생각했다.

아프다. 아파서 제대로 뛸 수가 없다.

하지만 달리고 달렸다.

달릴 수 있었다.

다투던 소년은 트럭이 눈앞에 닥쳐온 것을 알아차리고 소녀를 끌어안았다. 또 다른 소년은 뒤를 돌아보고 있었기 때문에 아직 트럭을 알아차리지 못했다. 갑작스러운 행동에 눈만 동그랗게 뜨고 있었다. 나는 망설임 없이 아직 알아차리지 못한 소년의 옷깃을 붙들고 혼신의 힘을 다해 뒤로 잡아당겼다. 소년은 내게 이끌려서 트럭의 진로 밖으로 나뒹굴었다.

좋아, 이제 두 명.

그렇게 생각한 순간 내 눈앞에 트럭이 있었다. 안전한 곳에서 팔만 뻗어 잡아당기려고 했는데, 사람을 잡아당기면 반작용으로 내가 앞으로 나간다.

당연한 일이다. 내 체중이 100킬로그램을 넘는 것과는 관계없다. 전력질주로 풀린 다리는 간단히 앞으로 나갔다.

트럭에 접촉한 순간, 뭔가 뒤에서 빛나는 듯했다.

저게 말로만 듣던 주마등일까. 너무 한순간이라서 알 수 없었다. 너무 빨랐다.

얄팍한 인생이었기 때문일까.

나는 내 50배 이상의 중량을 가진 트럭에 치여서 콘크리트 외벽에 몸을 부딪쳤다.

"커헉…!!"

폐 속의 공기를 단숨에 토해냈다. 전력질주로 산소를 원하던 폐가 경련했다.

목소리도 나오지 않았다. 하지만 죽진 않았다. 잔뜩 쌓인 지방 덕분에 살았다….

그렇게 생각했는데 트럭은 계속 밀어붙였다.

나는 트럭과 콘크리트 사이에 낀 채 토마토처럼 으깨져 죽었다.

제1화 어쩌면 : 이세계

눈을 떴을 때, 처음 느낀 것은 눈부심이었다.

시야 전체에 빛이 가득해서 나는 불쾌한 기분으로 눈살을 찌푸렸다.

차츰 눈이 익숙해지자 금발의 젊은 여성이 나를 들여다보는 걸 알았다.

미소녀…, 아니, 미녀라고 해도 좋겠지.

'누구지?'

그 옆에서 비슷하게 젊은 갈색 머리의 남자가 내게 어색한 미소를 보냈다.

왠지 성격이 제멋대로일 듯한 느낌의 남자로 근육이 엄청나서 강해 보였다.

갈색 머리에 그런 성격이라… 이렇게 불량해보이는 녀석은 본 순간 거부 반응이 나올 텐데, 신기하게도 혐오감은 없었다.

아마도 그게 물들인 게 아니기 때문이겠지. 아름다운 갈색이었다.

"——××——××××."

여성이 나를 보며 빙그레 미소 짓고 뭐라고 말했다.

무슨 말일까. 왠지 머리가 멍해서 알아듣기도 어렵고 무슨 말인지 알 수도 없었다.

혹시 일본어가 아닌가?

"──×××××──×××….."

남자 쪽도 풀어진 얼굴로 대답했다. 아니, 정말로 무슨 말인지 모르겠다.

"──××──×××."

어디에선가 또 다른 목소리가 들렸다.

모습은 보이지 않았다.

몸을 일으켜서 여기는 어디고, 당신들은 누구냐고 물으려고 했다.

나는 방에 틀어박혀 살긴 했어도 딱히 커뮤니케이션 장애인 건 아니다.

그 정도는 할 수 있다.

"우우, 우아아."

그렇게 생각했지만 입에서 나온 것은 신음소리인지 헐떡이는 소리인지 구별이 가지 않는 소리였다.

몸도 움직이지 않았다.

손끝이나 팔이 움직이는 감촉은 있었지만, 상반신을 일으킬 수는 없었다.

"×××——×××××× ."

순간, 남자가 날 안아들었다.

진짜냐. 체중 100킬로그램이 넘는 나를 이렇게 간단히….

아니, 수십 일이나 누워 있었으면 체중이 줄었을까.

엄청난 사고였으니 손발이 없어졌을 가능성도 컸다.

'산지옥이군….'

그 날.

나는 그런 생각을 하였다.

한 달의 시간이 흘렀다.

아무래도 나는 다시 태어난 모양이다. 그 사실을 간신히 받아들였다.

나는 갓난아기였다.

나를 안아들고 고개를 받쳐 주어서 내 몸이 시야에 들어왔기에 간신히 그걸 확인했다.

어떻게 전생의 기억이 남아있는지는 모르지만, 남아있다고 문제될 것도 없었다.

기억을 남기고 환생— 모두가 한 번은 그런 망상을 한다.

설마 그 망상이 현실이 되리라고는 생각 않았지만….

눈을 떴을 때 처음으로 보았던 남녀가 내 부모인 모양이었다.

나이는 20대 초반 정도일까.

전생의 나보다도 분명히 연하였다.

34세인 내가 보면 애들이라고 해도 좋을 정도다.

그런 나이에 애를 만들다니 정말이지 부럽다.

첫날부터 깨닫기는 했지만, 아무래도 여기는 일본이 아닌 모양이다.

언어도 다르고 부모의 얼굴생김새도 일본인이 아니고 복장도 무슨 민족의상 같았다.

가전제품 같은 것도 눈에 띄지 않고(메이드복을 입은 사람이 걸레로 청소했다), 식기나 가구 같은 것도 조악한 목제품이었다. 선진국은 아니겠지.

조명도 전구가 아닌 양초나 램프를 사용하였다.

물론 그들이 유독 가난해서 전기세를 낼 수 없을 가능성도 있다.

…어쩌면 그런 가능성이 큰 걸까?

메이드인 듯한 사람이 있으니까 분명 나름 돈이 있을 거라고는 생각했지만, 그녀가 아버지나 어머니의 여자형제라고 생각하면 꼭 이상한 것도 아니다. 집 청소 정도는 하겠지.

분명히 다시 시작하고 싶다고 생각했지만, 전기세도 못 낼 만큼 가난한 집에서 태어났다면 앞날이 까마득하다.

또 반년의 세월이 지났다.

반년이나 부모님의 대화를 듣고 있자니 언어도 나름대로 이해할 수 있게 되었다.

영어 성적은 그리 좋지 않았지만, 역시 자국어에 파묻혀 있으면 외국어 습득이 늦다는 말은 사실인 모양이다. 아니면 이 몸은 머리가 좋은 걸까. 아직 나이가 어린 탓인지 아주 머리가 팽팽 돌아가는 듯했다.

이 무렵이 되자 나도 기어 다닐 수 있게 되었다.

이동할 수 있다는 건 대단한 일이다.

몸이 움직이는 것에 이렇게나 감사한 적은 없었다.

"눈을 떼면 금방 어디 가겠어요."

"건강해서 좋잖아. 갓 태어났을 무렵에는 전혀 울지 않아서 걱정했으니까."

"요즘도 안 울잖아요."

돌아다니는 나를 보며 부모님은 그런 식으로 이야기했다.

배가 고픈 정도로 빽빽 울 나이도 아니다.

물론 대소변은 참아도 금방 지리곤 하니까 그냥 사양 않고 실례하고 있지만.

기어 다니는 것이긴 해도 이동할 수 있게 되자 여러 가지를 알게 되었다.

일단 이 집은 유복하다.

집은 2층짜리 목조 주택으로, 방은 다섯 개 이상. 메이드를 한 명 두고 있다.

처음엔 메이드가 내 수모인 줄 알았는데, 아버지와 어머니에 대한 태도가 깍듯한 걸 보면 가족이 아닌 모양이다.

입지조건은 시골이다.

창밖으로 보이는 경치는 조용한 전원 풍경이었다.

다른 집은 많지 않아서, 가득 펼쳐진 보리밭 안에 두어 채 보이는 정도.

꽤나 벽지인지 전신주나 가로등 같은 건 보이지 않았다. 근처에 발전소가 없을지도 모르겠다.

외국에서는 지면 밑에 전선을 묻는다고 들은 적 있는데, 그럼 이 집에서 전기를 쓰지 않는 게 이상하다.

너무나도 촌동네다. 문명의 파도에 휩쓸려 살아온 내게는 조금 힘겨울지도 모르겠다.

새롭게 태어났어도 컴퓨터 정도는 만지고 싶은데.

그런 생각을 하던 것도 어느 날 오후까지였다.

할 일이 없던 나는 온화한 전원 풍경이라도 보려고 평소처럼 의자에 올라가서 창밖을 보다가 깜짝 놀랐다.

아버지가 정원에서 검을 휘두르고 있었기 때문이다.

'어, 어라? 뭐 하는 거지?'

나잇살이나 먹고 저런 걸 휘두르는 게 내 아버지야? 중2병?

'아, 이런….'

놀라는 바람에 의자에서 미끄러졌다.

미숙한 손은 의자를 붙잡긴 해도 몸을 지탱할 수 없어서, 무거운 뒤통수부터 지면에 떨어졌다.

"꺄악!!"

쿵 하고 떨어진 순간 비명이 들렸다.

소리가 난 곳에서 어머니가 세탁물을 떨어뜨리고 손에 입을 댄 채 새파란 얼굴로 날 내려다보고 있었다.

"루디!! 괜찮니?!"

어머니는 다급히 달려와서 날 안아들었다.

시선이 얽히자 안도한 표정을 지으며 가슴을 쓸어내렸다.

"…휴우, 괜찮은가 보네."

'머리를 부딪쳤을 때는 별로 움직이지 않는 편이 좋아요, 아주머니.'

마음속으로 그렇게 주의를 주었다.

허둥대는 걸 보면 좀 안 좋게 떨어진 모양이다.

뒤통수부터 부딪쳤으니 바보가 될지도 모르겠다. 별로 다를 것도 없겠지만.

머리가 욱신거렸다. 일단 의자를 붙잡으려고 했으니까 그렇게 세게 떨어지진 않았다.

어머니가 별로 허둥거리지 않는 걸 보면 피는 나오지 않는 모양이다. 혹 정도겠지.

어머니는 주의 깊게 내 얼굴을 바라보았다.

상처라도 있으면 큰일이라는 듯한 표정이었다.

그리고 마지막으로 내 머리에 손을 대고,

"만일을 위해…. 신성한 힘은 방순한 양식, 힘을 잃은 자에게 다시금 일어날 힘을 주어라 '힐링'."

웃음이 나올 뻔했다.

어이어이, 이게 이 나라의 '아픈 건 다 날아가 버려라' 같은 주문인가?

아니면 검을 휘두르는 아버지와 마찬가지로 어머니도 중2병?

전사와 승려가 결혼했습니다, 라는 식?

그렇게 생각한 것도 잠시.

어머니의 손이 희미하게 빛나나 싶은 순간, 순식간에 고통이 사라졌다.

'…어?'

"자, 이제 괜찮아. 엄마는 이래 보여도 예전에 이름 있는 모험가였으니까."

자신만만하게 말하는 어머니.

나는 혼란에 빠졌다.

검, 전사, 모험가, 힐링, 주문, 승려. 그런 단어가 머릿속을 빙글빙글 돌았다.

뭐지, 지금 이건? 뭘 한 거야?

"왜 그래?"

어머니의 비명을 듣고 창밖에서 아버지가 얼굴을 내밀었다.

검을 휘두른 탓인지 땀을 흘리고 있었다.

"들어봐요, 여보. 루디가 의자 위에 올라갔다가 크게 다칠 뻔했지 뭐예요."

"뭐, 남자라면 그 정도로 씩씩해야지."

살짝 히스테릭한 어머니와 그걸 느긋하게 넘기는 아버지.

흔히 보는 광경이다.

하지만 이번에는 뒤통수부터 떨어진 탓인지 어머니도 물러나지 않았다.

"아니, 여보, 이 애는 아직 태어난 지 1년도 안 되었잖아요. 조금은 걱정을 해 봐요!!"

"그렇게 말해도 말이지. 애는 떨어지고 넘어지고 하면서 튼튼해지는 법이잖아. 게다가 다치면 그때마다 당신이 치료하면 되지."

"하지만 너무 크게 다쳐서 안 낫기라도 할까 싶어서 걱정되고…."

"괜찮아."

아버지는 그렇게 말하고 어머니와 나를 함께 끌어안았다.

어머니의 얼굴이 빨갛게 물들었다.

"처음에는 울지 않아서 걱정했지만, 이렇게 개구쟁이인 걸 보면 분명 괜찮아…"

아버지는 어머니에게 가볍게 키스했다.

어이어이, 아주 대놓고 보여주시는군요, 두 분, 휘익.

그 뒤 두 사람은 나를 옆방에 재우고는 위층으로 이동해서 내 동생을 만드는 작업에 들어갔다.

2층으로 가더라도 소리가 들리니까 안다고, 리얼충들….

'하지만 마법이라…'

★　　★　　★

그 뒤로 나는 부모님이나 메이드의 대화에 주의 깊게 귀를 기울이게 되었다.

그러자 낯선 단어가 많다는 것을 깨달았다.

특히 나라 이름이나 영토 이름, 지방 이름. 고유명사는 들어본 적 없는 것들뿐이었다.

어쩌면 여기는….

아니, 이제 단정해도 될 것이다.

여기는 지구가 아니라 다른 세계다.

검과 마법의 이세계다.

그때 문득 떠올랐다.

…이 세계라면 나도 할 수 있지 않을까?

검과 마법의 세계라면, 생전과 상식이 다른 세계라면 나도 할 수 있지 않을까?

남들처럼 살고, 남들처럼 노력하고. 무릎 꿇어도 다시 일어서서 앞을 보고 살아갈 수 있지 않을까?

지난 생에서는 죽는 순간 후회했다.

내 무력함과 아무것도 하지 않았던 것에 대한 짜증을 품으면서 죽었다.

하지만 그걸 알고 있는 나라면.

생전의 지식과 경험을 가진 지금의 나라면 할 수 있지 않을까?

최선을 다하며 살 수 있지 않을까?

제2화 겁먹은 메이드

리랴는 아슬라 후궁의 근위시녀였다.

근위시녀란 근위병의 성질을 겸비한 시녀를 말한다.

평소에는 시녀 일을 하지만, 유사시에는 검을 들고 주인을 지킨다.

리랴는 직무에 충실했고, 시녀로서의 일도 문제없이 해냈다.

하지만 검사로서는 그저 그런 재능밖에 없었다.

그런 탓에 갓 태어난 왕녀를 노린 암살자와 싸우다가 실수하여 다리에 단검을 찔리고 말았다.

단검에는 독이 묻어 있었다. 왕족을 죽이려고 한 독이었다.

해독할 수 있는 마술이 없는, 귀찮은 독이었다.

곧바로 상처를 치유 마술로 치료하고 의사가 해독을 시도한 덕분에 목숨을 건졌지만 후유증이 남았다.

일상생활을 하기에는 지장이 없었지만, 전속력으로 달리지도, 날카롭게 움직이지도 못했다.

리랴의 검사 생명은 그 날로 끝을 맺었다.

왕궁은 리랴를 그대로 해고했다.

드문 일은 아니라서 리랴도 납득하였다.

능력이 없어지면 해고되는 건 당연하다.

당면의 생활 자금도 받지 못했지만, 후궁에서 일했다는 이유로 비밀리에 처형되지 않은 것만 해도 다행이라고 생각해야 한다.

리랴는 왕궁을 떠났다.

왕녀 암살의 흑막은 아직 발견되지 않았다.

후궁의 구조를 아는 리랴는 자기 목숨이 위험해 질 가능성을 잘 알고 있었다.

어쩌면 왕궁은 리랴를 세상에 풀어 주어서 흑막을 낚아 올리려는 걸지도 모른다.

집안도 변변찮은 자기가 왜 후궁에 받아들여졌나 의문스러워 한 적이 있었는데, 지금 와서 생각하면 이렇게 버릴 수 있는 메이드를 고용하려던 걸지도 모른다.

어찌되었든 자기 몸을 지키기 위해서라도 가능한 한 왕도에서 떨어질 필요가 있었다.

왕궁이 자신을 미끼삼아 풀어놓은 거라고 해도 아무런 명령도 받지 않은 이상 구속력은 없다.

의리를 지킬 생각도 없었다.

리라는 승합마차를 갈아타면서 광대한 농업지역이 이어지는 변경 피트아령嶺에 도착했다.

영주가 사는 성채도시 로아 이외에는 죄다 보리밭으로 조용한 곳이었다.

리라는 거기서 일을 찾기로 했다.

그렇다고 해도 다리를 다친 몸이라서 거친 일을 할 수는 없었다.

검술 정도라면 가르칠 수 있을지도 모르지만, 가능하면 시녀로 일하고 싶었다.

그쪽이 급료가 좋기 때문이다.

이런 변경에는 검술을 할 줄 아는 자, 가르칠 수 있는 자는 많이 있지만, 집안일을 완벽하게 할 만큼 교육받은 시녀는 적다.

공급이 적으면 급료도 오른다.

하지만 피트아 영주나 거기에 준하는 상급귀족의 시녀로 고용되는 건 위험했다.

그런 인물은 당연하게도 왕도와 관계를 갖고 있다.

후궁의 근위시녀였다는 게 알려지면 정치적인 카드로 이용될 가능성도 있었다.

그런 건 사양이다.

죽을 뻔한 경험은 두 번 다시 하고 싶지 않았다.

공주님에게는 미안하지만 왕족의 후계자 다툼은 자신이 모르는 곳에서 멋대로 해 줬으면 싶었다.

그렇지만 급료가 너무 싼 곳에서 일하면 가족에게 돈을 보낼 수도 없다.

급료와 안전을 양립시킬 수 있는 조건은 좀처럼 찾을 수 없었다.

한 달이나 걸려서 각지를 돌아다닌 끝에 하나가 눈에 들어왔다.

피트아령 부에나 마을에서 하급기사가 시녀를 모집 중.

아이를 키운 경험이 있고 조산원助産員 지식을 가진 자를 우대한다고 적혀 있었다.

부에나 마을은 피트아령의 구석에 있는 작은 마을이다.

시골 중의 시골, 깡촌이다.

불편한 장소지만 바로 그런 입지를 원했다.

게다가 고용주가 하급기사라니, 생각도 못 할 만큼 조건이 좋았다.

무엇보다도 모집자의 이름이 기억에 있었다.

파울로 그레이랫.

그는 리랴의 사형제였다.

리랴가 검을 배우던 도장에 어느 날 갑자기 굴러들어온 귀족 집 망나니 아들이었다.

아버지와 싸운 끝에 쫓겨났다면서 도장에서 머물며 검을 배웠다.

유파는 다르지만 검술을 집에서 배운 바도 있어서 그는 순식간에 리랴를 뛰어넘었다.

리랴로서는 재미없는 일이었지만, 지금 생각해 보면 자신에게 재능이 없었을 뿐이라며 체념했다.

재능 넘치는 파울로는 어느 날 문제를 일으키고 도장을 뛰쳐나갔다.

리랴에게는 '모험가가 되겠다' 는 한 마디만을 남기고.

폭풍 같은 남자였다.

헤어진 게 7년 정도 전일까.

그때의 그가 설마 기사가 되어서 결혼까지 했다니….

그가 어떤 파란만장한 인생을 보냈는지는 모르겠지만, 리랴의 기억에 있는 파울로는 결코 나쁜 사람이 아니었다.

난처한 상황에 빠졌다고 말하면 도와주겠지.

안 되면 옛날 일을 들먹이자.

교섭 소재가 될 만한 이야기는 얼마든지 있었다.

리랴는 타산적으로 생각하고 부에나 마을로 향했다.

파울로는 리랴를 쾌히 맞아주었다.

아내 제니스가 이제 곧 출산이라서 초조해진 눈치였다.

리라는 왕녀의 출산과 양육에 대비하여 여러 지식과 기술을 습득하였고, 구면에 신원도 확실하니까 안전.

환영받았다.

급료도 예상보다 많이 주겠다니, 리라로서는 마지 않던 일이었다.

★　　★　　★

아이가 태어났다.

난산도 뭣도 아닌, 후궁에서 했던 연습 그대로의 출산이었다.

아무런 문제도 없이 잘 풀렸다.

그런데 갓 태어난 아이가 울지를 않았다.

리라는 식은땀을 흘렸다.

태어난 직후에 코와 입을 빨아서 양수를 빼냈지만, 아이는 감정 없는 얼굴로 올려다볼 뿐이지 아무 소리도 내지 않았다.

혹시 사산일까, 그렇게 생각할 정도로 무표정했다.

만져 보니 따뜻하고 맥박이 뛰었다. 숨도 쉬었다.

하지만 울지를 않았다.

리라의 머릿속에 선배 근위시녀에게 배운 이야기가 스쳤다.

태어난 직후에 울지 않는 아이는 문제 있는 경우가 많다.

혹시 그건가 싶었던 순간.

"우우, 우아아."

아이가 이쪽을 보고 멍한 표정으로 뭐라고 소리를 내었다.

그걸 듣고 리랴는 안심했다.

아무런 근거도 없지만, 왠지 모르게 괜찮은 모양이라고.

아이의 이름은 루데우스였다.

좀 이상한 아이였다. 일체 울지 않고 소란 피우는 법이 없었다. 어쩌면 몸이 약한 걸지도 모르지만, 손이 많이 가지 않아서 좋았다.

그런 식으로 생각했던 것은 처음뿐이었다.

루데우스는 기어 다닐 수 있게 되자 집 안 어디든지 이동했다.

집 안의 어디든지, 말이다. 부엌이나 뒷문, 창고, 청소도구함, 난로 안… 등등.

어떻게 올라간 건지 2층까지 간 적도 있었다.

아무튼 눈만 떼면 금방 없어졌다.

하지만 왜인지 반드시 집 안에서 발견되었다.

루데우스는 결코 집 밖으로 나가는 일이 없었다.

창문으로 밖을 보기는 하지만, 아직 밖은 무서운 걸까.

리랴가 이 갓난아기에게 본능적인 공포를 품게 된 것은 언제부터였을까.

눈을 떴다가 없어져서 찾아보니 나왔을 때였던가.

대개의 경우 루데우스는 웃고 있었다.

어떤 때는 부엌에서 야채를 보고, 어떤 때는 촛내의 양초에서 흔들리는 불빛을 보고, 또 어떤 때는 세탁 전의 팬티를 보고.

루데우스는 입 안으로 뭔가 웅얼거리면서 기분 나쁜 미소를 지었다.

그건 생리적인 혐오감을 품게 하는 미소였다.

리랴는 후궁에서 일했을 때 임무로 몇 번이나 왕궁까지 간 적이 있었는데, 그때 만난 대신이 짓던 미소와 많이 비슷했다.

머리가 많이 벗겨지고 뚱뚱하니 살찐 배를 흔들면서 리랴의 가슴을 보고 짓던 미소와 비슷했다. 갓 태어난 아기가 띤 미소가 말이다.

특히나 무서운 것은 루데우스를 안았을 때였다.

루데우스는 콧구멍을 벌름대고 입가를 쳐들면서 콧소리도 거칠게 가슴에 얼굴을 묻어댔다.

그리고 목을 꿀럭거리면서 '후힛'이나 '오홋'의 중간 정도 되는 기묘한 소리로 웃었다.

그 순간 혐오감이 온몸을 지배했다.

가슴에 안은 갓난아기를 무심코 바닥에 내던지고 싶을 정도의 혐오감이.

갓난아기의 사랑스러움이라곤 전혀 없었다. 이 미소는 그저 끔찍했다.

젊은 여자 노예를 잔뜩 사들였다는 소문의 대신과 똑같은 웃음.

그것을 갓 태어난 아기가 짓는다.

뭐라 비유할 수 없을 만큼 불쾌해서 갓난아기를 상대로 신변의 위험마저 느꼈다.

리랴는 생각했다.

이 아기는 뭔가 이상하다. 어쩌면 뭔가 안 좋은 것이 씐 걸지도 모른다. 혹은 저주받은 걸지도 모른다.

그렇게 생각한 리랴는 도저히 가만히 있을 수가 없었다.

도구점으로 달려가 주머니의 돈을 다 털어서 필요한 것을 구입했다.

그레이랫 집안 사람들이 조용히 잠든 밤중에 고향에서 전해지는 굿을 하였다.

물론 파울로에게는 비밀로 말이다.

다음날 루데우스를 안아들고 리랴는 깨달았다.

헛수고였다고.

여전히 기분 나빴다. 갓난아기가 이런 얼굴을 하는 것만으로도 기분 나빴다.

제니스도 '그 애한테 젖을 줄 때면 핥아요…' 라는 말을 했다.

말도 안 된다고 생각했다.

파울로도 여자라면 사족을 못 쓰는 인간이지만, 이렇게 기분 나쁘진 않다.

유전이라고 해도 너무 이상했다.

리랴는 떠올렸다. 아, 그리고 보면 후궁에서 이런 이야기를 들은 적이 있었다.

…과거에 아슬라 왕자가 밤이면 밤마다 후궁을 기어 다니는 사건이 있었다. 왕자는 악마에 씐 것이다. 그걸 모르고 함부로 왕자를 안아들면 왕자는 숨겨든 나이프로 시녀의 심장을 찔러 죽인다.

이렇게 무시무시할 수가.

루데우스는 그거다.

틀림없다. 분명히 그런 악마다.

지금은 얌전하지만, 언젠가 각성해서 집안 전체가 쥐 죽은 듯이 조용해 졌을 때에 한 명, 또 한 명….

아아… 생각이 짧았다. 너무 짧았다. 이런 곳에서 일하는 게 아니었다.

언젠가 분명히 죽을 것이다.

…리랴는 미신을 진심으로 믿는 타입이었다.

처음 1년 정도는 그런 식으로 두려워했다.

하지만 언제부터일까. 예측도 할 수 없었던 루데우스의 행동에 패턴이 생겼다.

신출귀몰하지 않고 2층 구석에 있는 파울로의 서재에 틀어박히게 되었다.

서재라고 해도 책이 몇 권 있을 뿐인 간소한 방이다.

루데우스는 거기에 틀어박혀서 나오지 않았다. 힐끗 엿보았더니 책을 읽으며 뭐라고 중얼거리고 있었다.

의미 있는 말은 아니었다.

아닐 것이다. 적어도 중앙대륙에서 일반적으로 사용되는 언어는 아니었다.

말을 하기에도 아직 이르다. 글 같은 건 당연히 가르치지 않았다.

그러니까 갓난아기가 책을 보고 적당히 소리를 내는 것뿐이다.

그게 아니라면 이상하다.

하지만 리랴에게는 이상하게도 그게 의미 있는 말의 나열로 들렸다.

루데우스가 책 내용을 이해하는 것처럼 보였다.

무섭다…. 문 틈새로 루데우스를 보면서 리랴는 생각했다.

하지만 신기하게도 혐오감은 없었다.

생각해 보면 서재에 틀어박히게 되면서부터 정체 모를 불쾌감이나 혐오감은 차츰 사라졌다.

가끔씩 기분 나쁘게 웃는 건 변함없지만, 안아들어도 불쾌감을 느끼지 않게 되었다.

가슴에 얼굴을 묻지도 않고, 콧김을 내뿜지도 않는다.

왜 자신은 이 아이를 무섭다고 생각했을까.

최근에는 오히려 방해해선 안 될 것처럼 진지함이나 근면함을 느끼게 되었다.

제니스에게 말했더니 비슷한 느낌이었던 모양이다.

그 이후로 내버려두는 편이 낫다고 생각하게 되었다.

이상한 감각이었다.

태어난 지 얼마 안 되는 아이를 내버려두다니, 인간으로 해선 안 되는 짓이다.

하지만 최근 루데우스의 눈동자에서 지성의 빛이 보이는 듯했다.

몇 달 전까지 이상한 빛밖에 느껴지지 않던 눈동자에.

확고한 의지와 눈부신 지성이.

어떻게 해야 좋을까. 지식은 있어도 경험이 일천한 리랴로서는 판단하기 어려웠다.

육아에 정답 따윈 없다고 말했던 건 근위시녀 선배였던가, 아니면 고향의 어머니였던가.

적어도 지금은 기분 나쁘지 않고 불쾌하지도 않았다. 공포심도 들지 않았다.

그럼 괜히 원래대로 되돌릴 필요는 없다.

내버려두자.

리랴는 최종적으로 그렇게 판단했다.

제3화 마술교본

내가 환생하고 약 2년의 세월이 흘렀다.
몸도 제법 성장해서 혼자서 걸을 수 있게 되었다.
이 세계의 말도 할 수 있게 되었다.

최선을 다해 살기로 결심한 뒤, 일단 어떻게 할지 고민했다.
생전에는 뭐가 필요했던가.
공부, 운동, 기술.
갓난아기가 할 수 있는 일은 적다. 기껏해야 안겼을 때 가슴
에 얼굴을 묻는 정도다.
메이드에게 그걸 하면 눈에 띄게 싫은 얼굴을 했다.
분명 저 메이드는 어린애를 싫어하는 게 틀림없다.
운동은 조금 더 나중에 해도 괜찮을 거라고 생각한 나는 글
자를 배우기 위해 집에 있는 책을 읽기 시작했다.
어학은 중요하다.
일본인의 문맹률은 거의 0%에 가깝지만 영어를 꺼리는 사람
이 많고, 외국에 나가게 되면 기 죽는 사람도 많다. 외국어의
습득이 하나의 기능으로 꼽힐 정도로. 따라서 이 세계의 글자

를 배우는 것을 최초의 과제로 삼았다.

　집에 있던 책은 고작 다섯 권이었다.

　이 세계에서 책은 값비싼 걸까, 파울로나 제니스가 독서가가 아닌 걸까.

　아마도 양쪽 다겠지. 수천 권의 장서를 가지고 있던 나로서는 믿을 수 없는 레벨이었다.

　물론 전부 다 라이트노벨이었지만.

　다섯 권이라고 해도 글자를 읽기에는 충분했다.

　이 세계의 언어는 일본어에 가까워서 금방 배울 수 있었다.

　글자 형태는 전혀 다르지만, 문법적인 것은 쉽사리 이해할 수 있었다.

　단어를 외우기만 하면 되었다. 말을 먼저 배웠던 것도 컸다.

　아버지가 책 내용을 몇 번 읽어 주어서 단어를 쉽사리 기억할 수 있었다.

　이 몸의 머리가 좋은 것도 관계있을지 모르겠다.

　글자를 알고 보니 책 내용은 재미있었다.

　예전엔 공부가 재밌을 거라는 생각을 평생 안 할 줄 알았는데, 잘 생각해 보니 인터넷 게임의 정보를 기억하는 것과 비슷했다. 재미있지 않을 리가 없었다.

　그렇기는 해도 아버지는 젖먹이가 책 내용을 이해할 수 있으리라고 생각했을까.

나였으니까 망정이지, 보통 아이라면 빈축을 사겠지. 큰 소리로 울 거다.

집에 있던 다섯 권의 책은 다음과 같았다.

『세계를 걷는다』
세계 각국의 이름과 특징이 실린 가이드북.

『피트아의 마물의 생태, 약점』
피트아라는 지역에 나오는 마물의 생태와 그 대처법.

『마술교본』
초급부터 상급까지의 공격 마술이 실린 마술사의 교과서.

『페르기우스의 전설』
페르기우스라는 소환마술사가 동료들과 함께 마신과 싸워 세계를 구하는 권선징악 이야기.

『세 검사와 미궁』
유파가 다른 세 명의 천재 검사가 만나서 깊은 미궁에 들어가는 모험활극.

마지막의 배틀 소설 두 권은 넘어가고, 다른 세 권은 도움이 되었다.

특히나 마술교본은 재미있었다.

마술이 없는 세계에서 온 나에게 마술에 대한 기록은 심루
흥미 깊은 것이었다.

계속 읽다 보니 몇 가지 기본적인 것을 알 수 있었다.

1. 일단 마술은 크게 나누어서 세 종류밖에 없다.

공격 마술 ── 상대를 공격한다.

치유 마술 ── 상대를 치료한다.

소환 마술 ── 뭔가를 불러낸다.

이 세 가지. 말 그대로다.

더 많은 걸 할 수 있을 것 같지만, 교본에 따르면 마술이란
것은 싸움 속에서 생겨난 것이니까 싸움이나 수렵과 관계없는
곳에서는 별로 쓰이지 않는다는 모양이다.

2. 마술을 쓰려면 마력이 필요하다.

반대로 말하자면 마력만 있으면 누구든 쓸 수 있는 모양이
다.

마력을 사용하는 방법은 두 가지였다.

'자신의 체내에 있는 마력을 사용한다.'

'마력이 담긴 물질에서 끌어내어 사용한다.'

이 둘 중 하나다.

좋은 예를 찾긴 어렵지만, 전자는 자가발전, 후자는 전지 같은 느낌이겠지.

옛날에는 자기 체내에 있는 마력만으로 마술을 사용했나 본데, 시간이 흐르면서 마술도 연구가 이루어져서 보다 어려워지고, 그에 따라 소비되는 마력이 폭발적으로 늘어난 모양이다.

마력이 많은 사람은 그래도 괜찮겠지만, 마력이 적은 사람은 강한 마술을 쓸 수 없었다.

그래서 옛날 마술사는 자신 이외의 것에서 마력을 뽑아내어 마술에 쓴다는 방법을 떠올렸다.

3. 마술의 발동 방법에는 두 가지 방법이 있다.

주문.
마법진.

자세한 설명은 필요 없겠지. 입으로 주문을 외워서 마술을 발동시킬지, 마법진을 그려서 마술을 발동시킬지, 라는 소리다.

옛날에는 마법진 쪽이 주력이었나 본데, 지금은 주문이 주류다.

그도 그럴 것이 옛날의 주문은 1분~2분 정도 걸렸던 모양이다.

도저히 전투에서 써먹을 것이 못 된다.

반대로 마법진은 한 번 그려두면 몇 번이든 거듭 사용할 수 있다.

주문이 주류가 된 것은 어떤 마술사가 주문을 대폭 단축시키는 것에 성공했기 때문이다.

가장 간단한 것은 5초 정도로까지 단축되었고, 공격 마술은 주문으로밖에 쓰지 않게 되었다.

물론 즉효성이 요구되지 않는데다가 복잡한 술식이 필요한 소환 마술은 아직 마법진이 주류라는 모양이다.

4. 개인의 마력은 태어날 때부터 거의 결정된다.

보통 RPG에서는 레벨을 올리면 MP가 늘어난다.

하지만 이 세계에서는 늘어나지 않는 모양이다.

거의 전원의 직업이 전사라고 한다. 거의, 라고 하니까 다소 변동이 있긴 한 모양이지만….

나는 어떨까.

마술교본에서는 마력량이 유전된다고 했다.

일단 어머니는 치유 마술을 사용하는 모양이니까 어느 정도 기대해도 좋을까.

불안하다. 부모가 우수해도 나 자신의 유전자는 별 볼 일 없을 것 같고.

일단 나는 가장 간단한 마술을 써 보기로 했다.

기본적으로 마술교본에는 마법진과 주문 양쪽이 다 실려 있었지만, 주문이 주류인 모양이고 마법진을 그릴 만한 것도 없었기에 주문을 연습하기로 했다.

술법의 규모가 커지면 주문이 길어지거나 마법진을 병용해야만 되는 모양이지만, 처음에는 괜찮겠지.

참고로 숙련된 마술사는 주문 없이도 마술을 쓸 수 있는 모양이다.

무영창이라고 할까, 주문 단축이란 것이다.

하지만 왜 숙련되면 주문 없이 쓸 수 있게 되는 걸까.

마력 총량이 변함없다는 소리는 레벨을 올려도 MP가 늘어나지 않는다는 소리겠고.

반대로 숙련도가 오르면 소비 MP가 줄어드는 걸까.

아니, 가령 소비 MP가 줄어들었다고 해도 수순이 단축되는 이유는 되지 않나.

…뭐, 좋아. 일단 써 보자.

나는 마술교본을 한손에 들고 오른손을 앞으로 내뻗어 글자를 읽었다.

"그대가 원하는 곳에 거대한 물의 가호 있으라. 청량한 시냇물의 흐름을 지금 여기에 '워터 볼'."

혈액이 오른손에 모이는 듯한 감촉이 있었다.

그 혈액이 밀려나온 것처럼 오른손 끝에 주먹 크기의 물구슬이 생겼다.

"오옷!!"

감동한 순간 물은 철퍽 하고 떨어져서 바닥을 적셨다.

교본에는 물구슬이 날아가는 마술이라고 적혀 있었는데 그 자리에 떨어졌다.

집중력이 떨어지면 마술을 지속할 수 없는 걸지도 모른다.

집중, 집중⋯.

혈액을 오른손에 모으는 느낌이다. 이렇게, 이렇게, 이런 느낌⋯ 으음.

나는 다시금 오른손을 들고 방금 전의 감각을 떠올리면서 머릿속으로 이미지했다.

마력 총량이 어느 정도인지는 모르겠지만, 그렇게 여러 번 쓸 수는 없다고 생각하는 게 좋다.

한 번, 한 번의 연습을 전부 성공시킬 각오로 집중하자.

일단 머릿속에 이미지하고 몇 번이고 머릿속으로 반복한 뒤에 실제로 해 보았다.

실패하면 그 과정을 또 머리로 이미지한다. 머릿속으로 완벽하게 성공할 때까지.

생전에 격투 게임에서 콤보를 연습하던 때에는 그랬다.

덕분에 나는 대전에서 콤보를 거의 실수하지 않았다.

그러니까 이 연습법은 틀리지 않았다…고 믿고 싶다.

"후웁… 흐읍…."

심호흡을 한 번.

발끝, 머리끝부터 오른손으로 혈액을 보내는 느낌으로 힘을 모았다.

그리고 그것을 손바닥에서 뿅 하고 뿜어내는 느낌으로….

신중하고 신중하게, 심장 고동에 맞추어서 조금씩. 조금씩….

물, 물, 물, 물구슬, 물의 덩어리, 물의 방울, 물방울, 물방울 무늬 팬티….

잡념이 섞였다. 다시.

쭉 모아 쥐어내서 물물물물….

"파아!!"

무심코 스님 같은 기합소리를 낸 순간 물구슬이 생겼다.

"오, 어…?"

퍼엉.

놀란 순간 물구슬은 한심하게 떨어졌다.

"…아."

어라… 지금 주문을 안 외웠지?

뭐지…?

내가 한 일이라고 하자면 아까 마술을 사용할 때의 감각을 그대로 흉내내었을 뿐이다.

혹시 마력의 흐름을 재현할 수 있으면 딱히 주문이 없어도

되나?

주문 없이 마술을 쓴다는 게 그렇게 간단한 건가?

보통은 상위 스킬이잖아?

"간단히 할 수 있다면 주문에 무슨 의미가 있지?"

나 같은 초심자도 주문 없이 마술을 발동시킬 수 있었다.

몸의 마력을 손끝에 모아서 머릿속으로 형태를 정한다.

그것뿐이었다.

그럼 주문 같은 건 필요 없잖아. 다들 그렇게 하면 된다.

'…흐음.'

어쩌면 주문이란 마술을 자동화해 주는 게 아닐까.

일일이 집중하여 온몸에서 혈액을 모으듯이 고생하지 않아도 말을 하기만 하면 전부 다 해 준다.

그런 것이 아닐까.

자동차의 매뉴얼과 오토매틱 같은 것으로, 사실은 수동으로 하려고 하면 할 수 있는 것이 아닐까?

'주문을 외우면 자동적으로 마술을 사용해 준다.'

이 이점은 크다.

무엇보다 배우기 쉽다.

몸 안의 혈관에서 혈액을 모으는 듯한 감각으로…라고 설명하기보다도 주문을 외우면 누구든지 단방에 할 수 있는 편이 가르치는 쪽도 배우는 쪽도 편하다.

그리고 가르치는 동안에 서서히 '주문은 필요불가결' 한 것이 된 게 아닐까.

두 번째로 쓰기 쉽다.

말할 것도 없지만 공격 마술을 쓰는 건 전투 중이다.

전투 중에 눈을 감고 으으음! 이라며 집중하기보다는 재빨리 주문을 외우는 편이 간단하다.

전력질주하면서 정교한 그림을 그리는 것과 전력질주하면서 빠르게 떠드는 것 중 어느 쪽이 편할까 하는 것이다.

"사람에 따라서는 전자가 편할지도 모르지만…"

팔랑팔랑 마술교본을 넘겨 보았지만 무영창에 대한 기술은 없었다.

이상한 얘기다. 내가 해 본 느낌으로는 그리 어렵지 않았다.

나한테 특별한 재능이 있을지도 모르지만, 다른 사람이라고 전혀 못 쓰는 건 아니겠지.

이렇게 생각하면 어떨까.

마술사는 보통 초심자부터 숙련자까지 다들 주문을 외워서 마술을 사용하였다.

수천 번, 수만 번이나 계속 쓰는 사이에 몸이 주문에 익숙해진다.

그래서 막상 주문 없이 쓰려고 해도 어떻게 해야 좋을지를 모른다.

따라서 일반적이 아니게 되었고 교본에는 실리지 않았다.

"오오, 앞뒤가 맞아!!"

그렇다면 지금 나는 일반적이지 않다는 소리다.

대단하지 않아?

뭔가 좋은 비기를 쓸 수 있다는 느낌 아냐?

'설 마 크 라 임 의 카 탈 리 스 트 를 오 라 토 리 오 없 이?'

'그 저 평 범 하 게 이 카 탈 리 스 트 를 써 서 채 널 을 열 었 을 뿐 인 데.'

라는 느낌 아냐?

우와, 흥분되기 시작했다

어차, 안 되지, 안 돼. 조금 진정하자, 쿨해지자.

생전의 나는 이 감각에 속아서 그렇게 되었다.

컴퓨터를 남들 이상으로 할 수 있다고 선민의식을 가졌기 때문에 성대하게 실패했다.

자중하자, 자중. 중요한 건 내가 남들보다 위라고 생각하지 않는 것이다.

나는 초심자. 초심자다.

볼링 초심자가 처음 시도에서 운 좋게 스트라이크를 쳤을 뿐이다.

비기너즈 럭이다. 재능이 있다고 착각하지 말고 열심히 연습에 힘써야 한다.

좋아. 처음에는 마술을 주문으로 사용해 보고 그 감각을 흉내내서 계속 주문 없이 연습한다.

이걸로 가자.

"그러면 다시 한 번."

오른손을 앞으로 내밀었더니 묘하게 부서웠다.

더군다나 왠지 어깨 근처에 무거운 게 얹힌 듯한 느낌이었다.

피로감이다.

너무 집중했던 걸까.

아니, 나도 프로 인터넷 게이머(자칭) 중 하나, 필요하면 잠도 안 자고 옛새 동안 사냥을 계속할 수도 있던 남자다.

이 정도로 끊어질 만한 집중력이 아니었을 터.

"그렇다는 소리는 MP가 바닥났나…?"

이럴 수가…. 마력 총량이 선천적으로 결정된다면 내 마력은 물구슬 두 개로 끝이란 소리다.

너무 적지 않아? 아니면 처음이니까 마력을 낭비하기라도 한 걸까?

아니, 그럴 리가.

만일을 위해 한 번 더 써 봤다가 기절했다.

"루디도 참. 잘 거면 화장실 갔다가 침대에서 자야 하잖니."

일어났을 때에는 독서 중에 잠들었다가 그대로 오줌 싼 걸로 되어 있었다.

제길. 이 나이에 자다가 오줌 싼 걸로 여겨지다니….

제길… 제길…. 아니, 아직 두 살인가. 그 정도는 허용되겠지.

그보다 마력이 너무 적잖아.

하아… 기 죽네…. 뭐, 두 방이라도 어떻게 쓰냐에 달렸나.

일단 재빨리 쓸 수 있도록 연습만이라도 해 둘까….

하아….

다음날은 물구슬을 네 개 만들어도 괜찮았다.

다섯 개째에서 피로를 느꼈다.

"어라…?"

어제의 경험으로 여기서 하나만 더 만들었다간 기절한다는 걸 알았기에 멈추었다.

그리고 생각했다.

최대 여섯 개. 어제의 두 배다.

나는 물통에 담긴 물구슬 다섯 개 분량의 물을 보면서 생각했다.

이틀 만에 횟수가 두 배로 늘어난 이유를.

어제는 처음부터 지쳐 있었다던가, 처음이니까 소비 MP가 컸다던가.

오늘은 죄다 주문 없이 했으니까, 주문을 외운다 아닌다로 변하는 것도 아닐 터.

모르겠다.
내일이 되면 또 늘어날지도 모르겠다.

다음날.
만들 수 있는 물구슬의 갯수가 늘어났다.
열한 개다.
왠지 사용한 횟수만큼 늘어나는 듯했다.
혹시 그렇다면 내일은 스물한 개가 되겠지.

그리고 또 다음날.
만일을 위해 다섯 개만 쓰고 그만두었다.

그리고 또 그 다음날.
스물여섯 개가 되어 있었다.
역시 쓴 횟수만큼 늘어났다.
'거짓말이었잖아…!!'
인간의 마력 총량은 선천적으로 결정된다고 그랬던 거 누구냐?

재능같이 눈에 보이지 않는 걸 멋대로 정해 버리다니.

어린아이의 재능이란 어른이 멋대로 견주어도 되는 게 아 냐!!

"뭐, 책에 적힌 걸 곧이곧대로 믿지 말라는 소리군."

이 책에 적힌 것은 '사람의 행복에는 한계가 있다'는 레벨의 이야기일지도 모른다.

아니면 단련한 결과의 이야기일까.

열심히 단련해도 마력 총량에는 한계치가 있다는 소리 아니 었나?

아니, 잠깐. 그렇게 결론을 짓기에는 이르지. 아직 가설을 세 울 수 있다.

예를 들어서…. 그래, 예를 들어서 성장에 맞춰 늘어난다든 가.

유아기에 마력을 쓰면 비약적으로 최대치가 늘어난다든가.

아, 나만의 특수체질이란 것도 버리기 아깝네.

…아니, 그러니까 스스로가 특별하다고 생각하지 말라니까.

예전 세계에서도 성장기에 운동을 하면 능력이 비약적으로 늘어난다는 말을 들었다.

반대로 성장기가 지난 뒤에는 노력해도 효율이 안 좋다고.

이 세계에서도 마력이네 뭐네 하지만, 인체의 구조는 다름없 겠지.

기본은 똑같다.

그럼 할 일은 하나뿐이다.

성장기가 끝나기 전에 단련할 수 있는 만큼 단련한다.

★　　★　　★

다음날부터 한계까지 마력을 쓰기로 했다.

동시에 사용할 수 있는 마술 가짓수를 늘려갔다.

감각만 익히면 주문 없이 재현하는 건 간단했다.

아무튼 빠른 시일 내로 모든 계통의 초급 마술을 완전히 마스터하고 싶었다.

초급 마술이란 말 그대로 공격 마술 중에서 가장 낮은 랭크에 위치한다.

물구슬이나 불구슬은 그중에서도 특히나 입문이라는 위치에 있는 초급 마술이다.

마술의 난이도는 일곱 단계로 나뉜다.

초급, 중급, 상급, 성급, 왕급, 제급, 신급.

일반적으로 교육받은 마술사는 자기가 잘하는 계통의 마술을 상급까지 쓸 수 있지만, 다른 마술은 초급에서 중급까지밖에 쓸 수 없는 모양이다.

상급보다 위의 랭크를 쓸 수 있게 되면, 계통에 따라서 화성급이라든가 수성급이라고 불리며 한 수 높게 쳐준다나.

성급.

조금 동경하게 되었다.

하지만 마술교본에는 불, 물, 바람, 흙 계통의 상급 마술까지만 실려 있었다.

성급 이상은 어디서 배우면 될까….

아니, 그런 건 생각하지 말기로 하자.

RPG 만○기에서도 최강의 몬스터부터 만들면 높은 확률로 좌절한다.

일단은 제일 먼저 만나는 슬라임부터다.

물론 나는 슬라임부터 만들어도 완성시킨 적이 없지만.

일단 교본에 실린 물 계통의 초급 마술은 다음과 같았다.

물구슬 : 물구슬을 날린다. 워터 볼.

물방패 : 지면에서 물을 분출시켜서 벽을 만든다. 워터 실드.

물화살 : 20센티미터 정도의 물화살을 날린다. 워터 애로우.

얼음벽 : 물덩어리를 상대에게 쏟아붓는다. 아이스 스매시.

얼음칼날 : 얼음의 검을 만든다. 아이스 블레이드.

얼추 써 보았다.

한마디로 초급이라고 해도 사용하는 마력은 제각각 달랐다.

물구슬을 1이라고 하면 대략 2~20 정도일까.

기본적으로는 물 계통이다.

불을 써서 화재라도 났다간 위험하니까.

화재 이야기가 나와서 말인데 소비마력은 온도도 관계 있는 건지, 상급으로 가면 갈수록 얼음이 늘어나는 듯했다.

하지만 물구슬이든 물화살이든 날린다고 적혀 있지만 실제로 날리는 것까지는 할 수 없었다.

뭘까, 어디서 뭘 잘못한 걸까….

으음, 모르겠다.

마술교본에는 마술의 크기나 속도에 대해서도 적혀 있었다.

어쩌면 물구슬을 만들어낸 뒤에 또 마력으로 조작하는 걸까.

해 보았다.

"오?"

물구슬이 커졌다.

"오오!"

철퍽.

"오….”

하지만 역시 떨어졌다.

그 뒤 여러 방법을 써서 물구슬을 키우거나 줄이거나.

다른 물구슬 두 개를 동시에 만들거나.

여러 크기로 바꿔 보거나.

하는 여러 발견은 있었지만 도무지 날아가지 않았다.

불과 바람은 중력에 영향을 받지 않는 탓인지 공중에 떠 있지만, 결국 일정시간 뒤면 사라진다.

둥실둥실 떠 있는 불구슬을 바람으로 날려 보기도 했지만 뭔가 아닌 듯했다.

으음….

두 달 뒤.

시행착오 끝에 간신히 물구슬을 날릴 수 있었다.

그것을 계기로 주문이 어떻게 이루어진 것인지 대충 이해할 수 있었다.

주문은 어떤 일정한 프로세스를 따른다.

생성 → 사이즈 설정 → 사출 속도 설정 → 발동.

이중 사이즈 설정과 사출 속도 설정을 술자 본인이 설정하는 것으로 마술이 완성된다.

즉 주문을 외우면,

1. 일단 자동적으로 쓰고 싶은 마술의 형태가 만들어진다.

2. 그 뒤에 일정 시간 이내로 마력을 추가하여 사이즈를 조정.

3. 사이즈를 조정한 뒤에 또 일정 시간 이내로 마력을 추가하여서 사출 속도를 조정.

4. 준비시간이 끝나면 마술사의 손을 떠나 자동적으로 발사된다.

이런 흐름이다.

아마 틀리지 않았으리라고 생각한다.

주문을 외운 뒤에 두 번에 걸쳐 미력을 추기하는 게 요령이었다.

사이즈 조정을 하지 않으면 사출 속도 조정을 할 수 없다.

어쩐지 날리려고 해도 커지기만 하지 아무 일도 없다 싶었다.

참고로 주문 없이 할 경우는 이런 모든 과정을 자기가 해야 한다.

귀찮게 생각되지만, 사이즈와 사출 속도의 입력 대기 시간을 단축할 수 있다.

주문을 외우는 것보다도 훨씬 빨리 발사할 수 있다.

또한 주문이 없으면 생성 부분도 조작할 수 있었다.

예를 들어서 교본에는 안 나왔지만, 물구슬을 얼려서 얼음덩어리로 만든다든가.

이걸 연습하면 카이저 피닉스(씨익)도 가능하겠지.

아이디어에 따라서 얼마든지 응용할 수 있다.

재미있어졌다!!

…하지만 기본은 중요하다.

여러모로 실험하는 것은 마력 총량이 더 늘어난 뒤로 하자.

'마력 총량을 올린다.'

'숨 쉬듯이 무영창으로 마술을 쓸 수 있게 된다.'

다음 과제는 이 두 가지다.

갑자기 커다란 목표를 세우면 좌절하게 되니까.

작은 것부터 차근차근.

좋아, 힘내 보자.

그렇게 나는 매일 기절 직전까지 초급 마술을 계속 쓰면서 보냈다.

제4화 스승

세 살이 되었다.

최근 들어서 겨우 부모님의 이름을 알았다.

아버지는 파울로 그레이랫.

어머니는 제니스 그레이랫.

내 이름은 루데우스 그레이랫.

그레이랫 가문의 장남이었다.

루데우스라는 이름이 붙었지만, 아버지도 어머니도 서로를 이름으로 부르지 않았고 나를 루디라고 줄여서 불렀기에 정식 이름을 알기까지 시간이 걸렸다.

"어머나, 루디는 책을 좋아하네."

항상 책을 가지고 다녔더니 제니스가 그렇게 말하며 웃었다.

그들은 내가 책을 갖고 있어도 뭐라고 하지 않았다.

식사 중에도 옆에 놔둘 정도였다. 하지만 마술교본은 가족 앞에서 읽지 않도록 하였다.

재능 있는 매는 발톱을 감춘다는 말을 따른 건 아니고, 이 세계에서 마술이 어떤 위치인지 알 수 없기 때문이었다.

생전의 세계에서는 중세에 마녀 사냥이란 것이 있었다.

마법을 쓰는 사람을 이단이라며 화형에 처한 그것 말이다.

이런 책이 실용서로 존재하는 세계니까 마술이 이단은 아니겠지만, 별로 좋게 보지 않을지도 모른다.

마술은 어른이 된 뒤에 한다는 상식이 있을지도 모른다.

애초에 과도하게 사용하면 기절할 만큼 위험한 것이다.

성장에 안 좋다고 여겨질지도 모른다.

그렇게 생각하고 가족 앞에서는 마술을 숨겼다.

물론 창밖을 향해 마술을 쓰는 일도 있었으니 이미 들켰을지도 모른다.

어쩔 수 없잖아. 사출 속도가 얼마나 나오는지 실험해 보고 싶었으니까.

메이드(리랴라는 이름인 듯했다)가 이따금 험악한 얼굴로 날 쳐다봤지만, 부모님은 여전히 느긋한 기색이니 괜찮다고 믿고 싶었다.

금지된다면 그래도 상관없지만, 성장기가 있다면 그걸 놓치고 싶지 않았다.

재능은 성장할 때에 성장시켜야 한다고 명심했다.

이참에 쓸 수 있는 만큼 써 놔야지.

그런 비밀 마술 훈련도 종지부를 찍었다.

어느 날 오후였다.

슬슬 마력량도 늘었으니 중급 마술을 시험해 볼까 하고 가벼운 마음으로 물대포 마술을 외웠다.

사이즈 : 1　　　속도 : 0

평소처럼 통에 물이 담길 뿐이라고만 생각했다.

조금 넘칠지도 모른다고는 생각했다.

그랬는데 엄청난 양의 물이 방출되어서 벽에 구멍이 뚫렸다.

구멍 가장자리에서 물방울이 지면으로 뚝뚝 떨어지는 것을 나는 멍하니 바라보았다.

멍하니 있으면서도 어떻게 하려는 생각은 하지 않았다.

벽에 구멍이 뚫렸으니 틀림없이 마술을 쓴 걸 들킬 것이다.

그건 어쩔 수 없는 일이다.

나는 체념이 빠르다.

"무슨 일이지!! 우와앗…"

제일 먼저 파울로가 달려왔다.

그리고 벽에 뚫린 구멍을 보고 입을 쩌억 벌렸다.

"아니, 뭐야, 이건…. 루디, 괜찮니…?"

파울로는 착한 사람이나.

아무리 봐도 내가 한 것으로밖에 보이지 않는데 내 몸을 먼저 걱정했으니까.

지금도 "마물…인가? 아니, 이 근처에는…." 같은 소리를 중얼거리며 조심스럽게 주위를 경계하였다.

"어머나…."

이어서 제니스가 방에 들어왔다.

그녀는 아버지보다 냉정했다.

망가진 벽과 바닥의 물웅덩이 등을 순서대로 보더니,

"어머나…?"

내가 펼치고 있던 마술교본 페이지를 재빨리 알아차렸다.

그리고 나와 마술교본을 교대로 보더니 내 앞에 웅크려 앉아 다정한 얼굴로 시선을 맞추었다.

무섭다.

눈은 웃고 있지 않았다.

시선을 피하고 싶었지만 필사적으로 제니스를 보았다.

나는 니트족 시절에 배웠다. 잘못을 했을 때 괜히 역정을 부리고 반항하면 사태는 악화될 뿐이다.

그러니까 결코 눈을 돌리지 않는다.

이럴 때에 필요한 것은 진지한 태도다.

시선을 맞추고 도망치지 않는다, 그것만으로도 진지하게 보인다.

속으로 어떻게 생각하든 적어도 겉보기로는.

"루디, 혹시 이 책에 나온 걸 소리 내어 읽었니?"

"죄송합니다."

나는 고개를 끄덕이며 사죄했다.

잘못을 했을 때는 얌전히 사과하는 편이 낫다.

나 이외에는 할 만한 이가 없다.

금방 들킬 거짓말은 신용을 깎아먹는다.

생전에는 그렇게 가벼운 거짓말을 거듭하며 신용을 떨어뜨렸다.

같은 실패는 하지 않을 것이다.

"아니, 당신, 하지만 이건 중급…."

"꺄아, 여보, 들었죠!! 역시 우리 애는 천재였어요!!"

파울로의 말을 제니스가 비명으로 가로막았다.

두 손을 쥐고 기쁜 듯이 뿅뿅 뛰었다.

기운도 좋군.

내 사과는 무시입니까?

"아니, 당신, 아무리 그래도 벌써 글을 읽는 건…."

"지금 당장 가정교사를 고용해요!! 장래에는 분명히 대단한 마술사가 될 거예요!!"

파울로는 난처해했고, 제니스는 좋아서 펄쩍펄쩍 뛰었다.

아무래도 제니스는 내가 마술을 쓰는 게 기쁘고 기쁜 모양이었다.

어린애가 마술을 쓰면 안 된다는 건 내 기우에 불과했던 모양이다.

리라는 태연한 기색으로 묵묵히 청소를 시작했다.

아마도 이 메이드는 내가 마술을 쓸 수 있는 걸 알았다든가 담담히 눈치챘겠지.

딱히 잘못이 아니니까 별로 마음 두지 않았을 뿐이다.

어쩌면 부모님이 이렇게 기뻐하는 모습을 보고 싶었던 걸지도 모른다.

"여보, 내일이라도 로아 시내에 모집광고를 내요!! 재능은 키워 줘야죠!!"

제니스는 혼자 흥분하여 천재라는 둥 재능이라는 둥 떠들었다.

배우지도 않고 마술을 써댈 정도의 천재라면서 말이다.

팔불출 부모인지, 중급 마술을 쓰는 게 대단한 건지 판별이 가지 않았다.

아니, 역시 팔불출이겠지.

나는 제니스 앞에서 마술을 쓰는 모습을 한 번도 보이지 않았다.

그런데 '역시' 라는 말이 나온 걸 보면 이전부터 내가 천재일지도 모른다고 생각했던 것이다.

근거도 없이….

아, 아니다.

짚이는 건 있었다.

나는 혼잣말이 많다.

책을 읽을 때에도 마음에 드는 단어나 구절을 소리 내어 중얼거릴 때가 있다.

이 세계에 온 뒤로도 책을 읽으면서 중얼중얼 혼잣말을 했다.

처음에는 일본어였지만, 말을 배우면서부터는 무의식중에 이 세계의 말을 쓰게 되었다.

그리고 혼잣말을 들은 제니스는 '루디, 그건 말이지ー' 라는 식으로 단어의 의미를 가르쳐 주었다.

덕분에 이 세계의 고유명사도 꽤나 쉽게 배울 수 있었지만, 뭐, 그런 건 둘째 치고.

누가 가르쳐 준 것도 아닌데 나는 이 세계의 글자를 독학으로 깨우쳤다.

누가 말을 가르친 적도 없었다.

부모님의 눈에 '우리 아들은 가르치지도 않았는데 글을 이해하고 책 내용을 소리 내어 읽을 줄 안다' 고 인식되었겠지.

천재로 보이겠지.

나도 내 아들이 그랬으면 천재라고 생각했을 것이다.

생전에 동생이 태어났을 때도 그랬다.

동생은 성장이 빨라서, 뭐든지 나나 형보다 일렀다.

말을 하는 것도, 두 다리로 걷는 것도.

부모의 눈이란 너그러울 수밖에 없어서, 자식이 뭘 할 때마다 '저 애는 천재가 아닐까?' 라고 생각한다. 가령 대단한 일이 아니더라도.

뭐, 고등학교를 중퇴한 니트족이었다고 해도 정신 연령은 30세 이상이다.

그 정도로 여겨지는 거야 당연하지.

열 배라고, 열 배!!

"여보, 가정교사예요!! 로아에서 분명 좋은 마술 선생을 찾을 수 있을 거예요!!"

그리고 재능이 보였으면 바로 영재교육을 베풀자는 건 어느 부모고 똑같다.

생전의 내 부모님도 동생을 천재라고 추어올리며 이것저것 잔뜩 배우게 했다.

그런고로 제니스는 마술사 가정교사를 붙이자고 제안했지만.

이걸 파울로가 반대했다.

"아니, 잠깐, 남자면 검사로 키우자고 약속했잖아."

남자면 검을 쥐게 하고, 여자면 마술을 가르친다.

태어나기 전에 그런 식으로 결정했던 모양이다.

"하지만 이 나이에 중급 마술을 발동시키잖아요!! 제대로 가르치면 엄청난 마술사가 될 거예요!!"

"약속은 약속이잖아!!"

"약속이 다 뭐예요!! 당신은 항상 약속을 깨잖아요!!"

"지금은 내 이야기를 하는 게 아니잖아!!"

그 자리에서 부부싸움을 시작하는 두 사람.

태연히 청소하는 리랴.

"오전 중에 마술을 배우고 오후에 검을 배우면 어떨까요?"

말싸움은 한동안 계속되었지만, 청소를 끝마친 리랴가 한숨 섞어서 그렇게 제안한 덕분에 논쟁은 끝났다.

그리고 팔불출 부모는 아이의 마음도 생각하지 않고 배움을 강요했다.

뭐, 성실히 살기로 결심했으니까 좋긴 하지만.

그런 연유로 우리 집은 가정교사를 한 명 두기로 했다.

귀족 자제의 가정교사란 일은 나름대로 짭짤한 모양이다.

파울로는 이 근처에서 몇 명 안 되는 기사로, 일단 하급귀족 이란 위치에 있는 모양이니까 일반적인 시세와 비슷한 급여를 줄 수 있다나.

하지만 아무래도 여기는 나라에서도 구석진 시골.

즉 변경이라서 우수한 인재는 물론이고 마술사조차 거의 없었다.

마술 길드와 모험가 길드에 의뢰하였지만 과연 응하는 사람이 있을지….

그런 걱정도 했나 본데, 의외로 간단히 나타났는지 내일부터 온다고 했다.

이 마을에는 묵을 곳이 없으니까 한집에서 같이 산다나 보다.

부모님은 아마 은퇴한 모험가가 오리라고 예상했을 것이다.

젊은이라면 이런 시골에 올 리가 없겠고, 궁정마술사라면 왕도 쪽에 얼마든지 일이 있다.

이 세계에서 마술을 가르칠 수 있는 건 상급 이상의 마술사로 정해졌다.

고로 모험가 랭크로 치자면 중상이나 그 이상.

마술사로 오랫동안 경험을 쌓은 중년이나 노인.

수염을 잔뜩 길러서 그야말로 마술사다운 느낌의 사람이 오리라는 이야기였다.

"록시입니다. 잘 부탁드립니다."

하지만 찾아온 것은 예상을 뒤엎은 아직 나이 어린 소녀였다.

중학생 정도일까.

마술사답게 갈색 로브를 입고 물색 머리를 갈라땋았고, 아담하다는 표현이 정확한 겉모습.

볕에 그을지 않은 하얀 피부에 살짝 졸린 듯이 퉁명스러운 눈. 붙임성 없는 느낌의 입. 안경은 끼지 않았지만 도서관에 틀어박힌 문학소녀란 인상이었다.

손에 든 것은 가방 하나와 그야말로 마술사가 들 법한 지팡이뿐이었다.

그런 그녀를 가족 셋이서 맞았다.

"……."

"……."

그녀의 모습을 보고 부모님은 놀라서 말도 안 나오는 눈치였다.

그도 그렇겠지.

예상과는 너무나도 달랐다.

가정교사로 고용했으니까 나름 나이를 먹은 사람을 상상했겠지.

그런데 이런 꼬맹이라니.

물론 수많은 게임을 해 온 나에게 로리 마술사의 존재는 딱히 이상하지도 않았다.

로리, 퉁명스러운 눈, 무뚝뚝.

이 세 가지가 갖춰진 그녀는 퍼펙트하다.

꼭 내 마누라로 삼고 싶다.

"어, 어어, 네가, 저기, 가정교사?"

"저기, 꽤, 꽤나, 그러니까…"

부모님이 말하기 거북한 눈치길래 내가 딱 잘라 말하기로 했

다.

"작네요."

"당신이 할 말이 아닙니다."

날카로운 대답이 돌아왔다.

콤플렉스일까.

가슴 이야기가 아닌데.

록시는 한숨을 한 차례 내쉬었다.

"하아, 그래서 제가 가르칠 학생은 누구입니까?"

주위를 둘러보며 물었다.

"아, 그건 이 아이예요."

제니스가 품에 안은 나를 소개했다.

나는 살짝 윙크.

그러자 록시는 눈을 치뜬 뒤에 한숨을 내뱉었다.

"하아, 가끔씩 있지요. 성장이 조금 이르다고 자기 자식에게
재능이 있다고 믿는 팔불출 부모…."

그런 혼잣말.

다 들리거든요!! 록시 씨!!

뭐, 나도 거기에는 격하게 동의하지만.

"불만이라도?"

"아뇨, 하지만 아드님이 마술 이론을 이해할 수 있을 것 같지
않습니다만?"

"괜찮아요, 우리 루디는 뭐든지 우수하니까!"

제니스의 팔불출 발언.

록시는 다시금 한숨을 내뱉었다.

"하아, 알겠습니다. 할 수 있는 만큼은 해 보죠."

말해도 헛수고라고 판단한 모양이다.

이렇게 해서 오전에는 록시의 수업을, 오후에는 파울로에게 검술을 배우게 되었다.

"그럼 이 마술교본을…. 아뇨, 그 전에 루디가 얼마나 마술을 쓸 수 있는지 시험해 보죠."

첫 수업에서 록시는 나를 정원으로 데리고 나갔다.

마술 수업은 주로 밖에서 하는 모양이었다.

집 안에서 마술을 쓰면 어떻게 되는지 잘 알고 있다.

나처럼 벽을 날려 버리거나 해선 안 된다.

"일단은 시범입니다. 그대가 원하는 곳에 거대한 물의 가호 있으라. 청량한 시냇물의 흐름을 지금 여기에 '워터 볼'."

록시의 주문과 동시에 그녀의 손바닥에 농구공 정도 크기의 물구슬이 생겼다.

그리고 정원수 중 하나를 향해 고속으로 날아가서,

와직.

나무줄기를 간단히 부러뜨리고 울타리를 물로 적셨다.

사이즈 : 3, 속도 : 4 정도일까.

"어떻습니까?"

"예. 그 나무는 어머님이 소중히 기른 것이니까 보시면 화내실 겁니다."

"어? 그렇습니까?!"

"틀림없겠죠."

파울로가 검을 휘두르다가 나뭇가지를 부러뜨린 적이 있었는데, 그때 제니스의 분노는 장난이 아니었다.

"그건 곤란하군요. 어떻게든 해야…!!"

록시는 황급히 나무로 다가가더니 부러진 줄기를 열심히 세웠다.

그리고 새빨간 얼굴로 줄기를 붙든 채,

"우우우…. 신성한 힘은 방순한 양식, 힘을 잃은 자에게 다시금 일어날 힘을 주어라 '힐링'."

주문.

나무줄기는 부러지기 전으로 슬금슬금 되돌아갔다.

오오, 대단해.

일단 칭찬하자.

"휴우."

"선생님은 치유 마술도 쓸 수 있네요!!"

"예? 아, 예, 중급까지는 문제없이 쓸 수 있습니다."

"대단해!! 대단해요!!"

"아뇨, 제대로 훈련하면 이 정도는 누구든 할 수 있어요."

말은 다소 딱딱했지만, 입가가 칠칠맞게 풀어지고 살짝 의기양양하게 코가 벌름거렸다. 기쁜 눈치였다.

별다른 것도 아니고 대단하다, 대단하다, 연호해 주기만 했는데 이런가. 별 것 아니군.

"그럼 루디. 해 보세요."

"예."

나는 손을 모으고….

이런, 1년 가까이 물구슬 주문을 외우지 않아서 기억나질 않는다.

방금 전에 록시가 말했지. 어어, 어어.

"어어, 뭐라고 하더라?"

"그대가 원하는 곳에 거대한 물의 가호 있으라, 청량한 시냇물의 흐름을 지금 여기에, 입니다."

록시는 담담하게 말했다. 이 정도는 계산에 있었던 모양이다.

하지만 그렇게 담담하게 말하더라도 단번에 외울 수 없잖아.

"그대가 원하는 곳에… 워터 볼."

기억나지 않기에 생략했다.

방금 전에 록시가 만든 물구슬보다 조금 작고, 조금 늦게.

그녀보다 크게 만들면 삐질지도 모르고.

나는 연하의 여자애에게 관대하다.

농구공 크기의 물구슬은 퍼엉 소리를 내며 기세 좋게 날아갔다.

빠직빠직 나무가 쓰러졌다.

록시는 복잡한 얼굴을 하며 그걸 지켜보았다.

"주문을 생략했군요?"

"예."

뭔가 문제가 있나.

그러고 보면 무영창은 마술교본에도 실리지 않았다.

아무 생각 없이 썼는데, 사실은 무슨 금기라도 있는 거 아닐까?

아니면 나 같은 자가 주문을 생략하는 건 아직 이르다고 야단맞는다든가….

그 경우 '그렇게 긴 주문을 외우는 것보단 낫잖아!'라며 반발하는 편이 좋을까.

"평소에도 주문을 생략합니까?"

"평소…에는 주문 없이."

어떻게 대답할지 망설였지만, 솔직하게 말했다.

이제부터 마술을 배우다 보면 언젠가는 들통 난다.

"주문 없이?!"

록시는 눈을 치뜨고 진짜냐고 묻는 얼굴로 나를 내려다보았다.

"…그래요. 평소에는 주문 없이. 과연, 피로를 느끼지 않습니까?"

하지만 곧 태연한 얼굴을 했다.

"예, 괜찮아요."

"그래요. 물구슬의 크기, 위력 모두 좋습니다."

"감사합니다."

록시는 이제야 간신히 미소를 지었다.

빙그레.

그리고 말했다.

"…이거 가르칠 보람이 있겠군요."

그러니까 들린다니까.

"자, 얼른 다음 마술을…."

록시가 흥분한 기색으로 마술교본을 펼치려고 했을 때.

"아아아앗!!"

뒤에서 비명이 일었다.

어쩌나 보러온 제니스였다.

마실 것을 담은 쟁반을 떨어뜨리고 두 손으로 입을 누르면서, 뚝 부러진 나무를 바라보았다.

슬픈 표정.

다음 순간 그 표정에 분노의 빛이 깃들었다.

아, 이런.

제니스는 성큼성큼 걸어오더니 록시에게 따지고 들었다.

"록시 선생님!! 당신 말이죠!! 우리 집 나무를 실험대로 쓰지 말아 주세요!!"

"엣!! 하지만 이건 루디가 한 건데…."

"루디가 했다고 해도 시킨 건 선생님이겠죠!!"

록시는 등 뒤로 번개가 번쩍거리는 듯한 쇼크를 받고 차가운 눈을 하면서 추욱 고개를 숙였다.

뭐, 세 살짜리 애한테 책임지라고 해선 안 되겠지.

"예…. 그렇습니다."

"다시는 이런 일이 없도록 해 줘요!!"

"예, 죄송합니다, 사모님…."

그 뒤 제니스는 정원수를 힐링으로 예쁘게 복구한 뒤 집 안으로 돌아갔다.

"벌써부터 실수를 저질렀습니다…."

"선생님…."

"하아, 내일이면 해고일까요…."

지면에 주저앉아서 뭐라고 글자를 끄적대기 시작하는 록시.

마음이 약하구나….

나는 그녀의 어깨를 툭툭 두드렸다.

"……."

"루디?"

두드렸지만 20년 가까이 남과 이야기하지 않았던 나로서는 위로의 말을 찾을 수 없었다.

미안해요. 이럴 때 뭐라고 말해야 좋을지 몰라서….

아니, 진정하자.

생각해라, 생각해. 미소녀 게임의 주인공이라면 이럴 때에 뭐라고 위로했더라?

그래, 분명히 이런 느낌이다.

"선생님은 지금 실패한 게 아니에요."

"루, 루디…?"

"경험을 쌓은 거예요."

록시는 나를 올려다보았다.

"그, 그래요. 고마워요."

"예. 그럼 계속 수업을 부탁드립니다."

이렇게 첫날부터 록시와 조금 친해졌다.

오후에는 파울로와 단련이다.

내 체격에 맞는 목검이 없기 때문에 기본적으로는 몸만들기가 중심이 되었다.

러닝, 팔굽혀펴기, 윗몸 일으키기 등등.

일단 처음에는 몸을 움직이는 것을 중심으로 시킬 생각인가 보다.

파울로가 일 때문에 지도할 수 없는 날에도 기초체력 훈련만큼은 매일 빼먹지 말고 하라는 말을 들었다.

그 점은 어느 세계고 변함없는 모양이다.

열심히 해 보자.

어린애 체력으로는 오후 내내 단련을 할 수도 없어서, 검술은 대낮 동안에 끝났다.

그렇기 때문에 나는 저녁식사까지 남는 시간에 마력을 쓸 수 있는 데까지 썼다.

마술이란 것은 '크기의 변화'에 따라 사용하는 마력량이 변한다.

주문을 외울 때에 아무것도 의식하지 않은 경우를 1이라고 하면, 키우면 키울수록 가파르게 소비마력이 늘어난다.

질량보존의 법칙이란 것이다.

하지만 왜인지 반대로 크기를 줄이더라도 소비마력이 늘어났다.

이 이론은 잘 모르겠다.

주먹 크기의 물구슬을 만드는 것보다 물 한 방울을 만드는 편이 마력을 훨씬 소비했다.

이상한 이야기다.

전부터 의문스럽게 생각했던 것이기에 록시에게 물어보았더니 '원래 그런 것'이란 대답이었다.

해명되지 않았나 보다.

어떤 구조로 그렇게 되는지는 모른다.

하지만 훈련이란 점에서 그것은 나쁘지 않았다.

최근에는 마력 총량이 꽤 늘어났기에 커다란 마술을 쓰지 않으면 다 쓸 수가 없었다.

마력을 쓰기만 할 뿐이라면 힘이 다할 때까지 최대 출력으로 계속 쓰면 된다.

하지만 슬슬 응용력을 길러도 좋겠지.

그래서 가능한 한 섬세한 작업을 연습하기로 했다.

마술로 작고 섬세하고 복잡한 작업을 하였다.

예를 들어서 얼음으로 조각상을 만들거나 손가락 끝에 불을 켜서 판자에 글자를 쓰거나.

정원에서 흙을 가져와서 성분을 나눠보거나.

자물쇠를 잠갔다 열었다 하는 것도 해 보았다.

흙 마술은 금속이나 광물에도 어느 정도 작용하는 모양이다.

다만 금속 종류가 단단하면 할수록 소비되는 마력이 커졌다.

역시 단단한 것을 변화시키는 건 어려운 모양이다.

조작하는 대상이 작으면 작을수록, 섬세하고 복잡하게, 또한 정확하고 재빨리 움직이려고 하면 할수록 소비되는 마력량이 막대해졌다.

야구공을 전력투구한다.

바늘구멍에 천천히 실을 꿴다.

이 두 가지에 비슷한 마력이 든다는 느낌이었다.

또한 다른 계통의 마술을 동시에 사용하는 것도 해 보았다.

같은 계통을 동시에 쓰는 것과 비교해서 세 배 이상의 마력이 소비되는 듯했다.

즉 두 종류 계통의 마술을 동시에 발동하여, 작고 섬세하고 빠르고 정확하게 움직이면 간단히 마력을 죄다 소비할 수 있었다.

그런 매일을 거듭했더니—

한나절 이상 마술을 계속 써도 전혀 바닥이 보이지 않게 되었다.

이제 이 정도면 충분하다는 마음이 싹텄다.

나의 게으름이 '슬슬 이 정도면 되지 않아?' 라고 속삭였다.

그때마다 나는 스스로를 다그쳤다.

근육 트레이닝도 조금만 쉬면 몸이 둔해진다.

마력도 그럴지 모른다. 일시적으로 늘었다고 해서 훈련을 빼먹어선 안 된다.

밤중에 마술을 쓰는데 어디서 관능적인 소리가 들려왔다.

어디라고 할 것도 없이 파울로와 제니스의 침실이었다.

신이 나셨군.

그리 머지 않은 미래에 내 동생이 태어나겠다.

가능하면 여동생이 좋겠군.

응. 남자는 싫다.

뇌리에는 내 컴퓨터에 배트를 풀스윙하던 남동생의 모습이 아직 남아 있었다.

남동생은 필요 없다.

귀여운 여동생이 좋다.

"이거야 원…."

생전에 이런 소리를 들으면 즉각 벽이든 바닥이든 한 번 때려서 조용히 시켰다.

덕분에 누나는 집에 남자를 데려오지 않게 되었다.

그립다.

당시 저런 짓을 하는 녀석늘은 내 세계를 시커멓게 덧칠히는 악당으로 생각했다.

나를 괴롭힌 녀석들이 결코 내 손이 닿지 않는 영역에서 얕보듯이 내려다보는 것 같아서 갈 곳 없는 분노가 덮쳤다.

어둡고 불쾌한 장소에 떨어뜨린 장본인이 '너 아직도 그런 데에 있어?' 라며 내려다본다.

이만큼 분한 일도 없다.

하지만 최근엔 달랐다.

몸이 어린애가 된 탓일까, 그러는 게 부모님인 탓일까, 아니면 나 자신이 미래를 향해 노력하는 탓일까.

두 사람의 소리를 아주 흐뭇한 마음으로 들을 수 있었다.

흥, 나도 어른이 되었군….

소리만 들어도 왠지 모르게 내용을 알 것 같았다.

아무래도 파울로는 꽤나 잘하는 모양이다.

제니스 쪽은 순식간에 숨도 헐떡이며 녹다운 상태가 되었는데, 파울로는 아직 더 할 수 있다면서 계속해댔다.

능욕계 야겜 주인공 같은 남자다.

끝없는 정력….

헛, 어쩌면 파울로의 아들인 나에게도 그런 힘이 숨겨져 있지 않을까?!

각성해라!

히로인이여!

내게도 핑크색 전개를!!

처음에는 그렇게 흥분했지만, 최근에는 그것도 시들었다. 끼익끼익 소리 나는 복도를 지나서 태연히 화장실도 갈 수 있게 되었다.

참고로 방 앞을 걸으면 소리가 딱 멎으니까 꽤나 재미있었다.

그날도 걸을 수 있게 된 아들이 있다는 사실을 알려주려고 화장실로 향했다.

아니, 오늘은 말이라도 한 마디 해 볼까.

아빠～, 엄마～, 알몸으로 뭐 해? 라고 물어볼까.

변명이 기대된다. 크크큭….

그런 생각을 하면서 소리 죽여 방을 나섰다.

거기에 선객이 있었다.

파란 머리 소녀가 어두운 복도에 쭈그려 앉아서 문 틈새로 침실을 엿보고 있었다.

얼굴이 상기되어서 가쁜 숨소리를 죽이듯이, 하지만 시선은 방 안을 향하고.

그 손은 로브 밑으로 파고들어서 뭔가 음란하게 움직이고 있었다.

나는 조용히 내 방으로 돌아갔다.

록시도 나이 찬 소녀다.

그녀가 이런 싯에 빠지는 것을 못 본 칙하는 것이 내게도 존재했다.

…그런 걸로 하자.

으음, 좋은 걸 봤네.

4개월 정도 지났다.

마술을 중급까지 쓸 수 있게 되었다.

그렇기에 밤에 록시에게 강의를 듣기로 했다.

어차, 밤이라고 야한 짓을 하는 건 아냐.

공부하는 건 주로 잡학이다.

록시는 좋은 교사였다.

결코 커리큘럼에 집착하지 않았다.

내 이해도에 따라서 수업 내용을 진전시켰다.

학생에 대한 대응력이 높았다.

교과서로 준비한 책 내용 중에서 질문을 던지고 내가 대답하면 다음으로 넘어갔다.

모르면 친절하게 가르쳐 주었다.

그것뿐이지만 나는 세계가 넓어지는 걸 느꼈다.

생전에 형이 입시생이었을 때, 가정교사를 고용했던 시기가 있었다.

나도 한 차례 변덕으로 그 내용을 들어보았다.

하지만 학교 수업 내용과 그리 다를 바 없었다.

그와 비교해서 록시의 수업은 알기 쉽고 재미있다.

바로 바로 반응이 돌아오는 수업이었다.

그렇게 성에 눈뜨기 시작한 중학생 정도의 교사에게 공부를 배웠다.

그 시추에이션이 최고다.

생전의 나라면 그런 망상만으로도 세 번은 했겠지.

"선생님, 어째서 마술은 전투용밖에 없습니까?"

"딱히 전투용밖에 없는 건 아닙니다만…."

내 갑작스러운 의문에도 록시는 착실하게 대답해 주었다.

"그렇군요. 뭐부터 설명할까요…. 일단 마술이란 하이엘프가 만들어낸 것이라고 합니다."

오오, 엘프!

역시 있었나!!

금발에 녹색 옷을 입고 활을 들고 촉수에 붙들리는 사람들!!

어차, 진정하자.

내 인식과는 다를지도 모른다.

말을 들어보니 귀는 긴 모양이지만….

"엘프란 건?"

"예. 엘프란 현재 미리스 대륙 북쪽에 사는 종족입니다."

록시의 말을 따르자면.

옛날, 인마대전人魔對戰이 일어나기 전, 마계가 아직 혼돈스럽고 싸움이 끊이지 않았던 무렵, 하이엘프들은 외적과 싸우기 위해 숲의 정령들과 대화하고 바람이나 흙을 다루었다는 모양이다. 그리고 그것이 역사상 최초의 마술이라고.

"헤에, 역사가 있네요."

"당연합니다."

록시는 장난치지 말라는 듯이 끄덕였다.

"지금 마술은 인간이 전쟁 속에서 엘프의 마술을 흉내내어 형태화시킨 것입니다. 인간은 그런 걸 잘하니까요."

"인간은 그런 걸 잘하나요?"

"예, 새로운 것을 만들어내는 건 항상 인간입니다."

인간은 발명을 좋아하는 종족인 모양이다.

"전투용밖에 없는 것은 주로 전투에만 사용된 탓도 있습니다만…. 마술에 의존하지 않고도 가까이 있는 것을 사용하면 실현할 수 있다는 이유도 있습니다."

"가까이 있는 것이라면?"

"예를 들어 불빛이 필요하면 양초나 랜턴을 쓰면 되겠죠?"

과연, 흔히 있는 설정인가.

마술을 쓰기보다 도구를 쓰는 편이 간단하니까.

이치에 맞는다.

물론 무영창이라면 도구를 쓰는 것보다 간단하지만.

"게다가 모든 마술이 전투용인 건 아닙니다. 소환 마술을 쓰면 필요에 따른 힘을 가진 마수나 정령을 소환할 수도 있고요."

"소환 마술!! 조만간 가르쳐 주실 수 있나요?"

"아뇨, 저는 쓸 수 없어서요. 게다가 도구 이야기가 나와서 말인데 마도구魔道具라는 것도 존재합니다."

마도구라.

그 단어에서 왠지 모르게 상상이 갔다.

"마도구라는 건?"

"특수한 효과를 가진 도구입니다. 내부에 마법진을 새긴 것이라서 마술사가 아니라도 쓸 수 있습니다. 물론 경우에 따라서는 대량의 마력을 씁니다만."

"그렇군요."

대략 상상대로였다.

그렇기는 해도 록시가 소환 마술을 못 쓰는 건 아쉬웠다.

공격 마술이나 치유 마술은 왠지 원리를 알겠는데, 소환 마술은 뭘 어떻게 하면 좋을지 잘 모르겠다.

그렇기는 해도 모르는 단어가 단숨에 늘어났군.

인마대전, 마수, 정령….

대략 알겠지만 일단 물어볼까.

"선생님, 마수와 마물은 어떻게 다릅니까?"

"마수와 마물은 크게 다르지 않습니다."

기본적으로 마물이란 종래의 동물에서 돌연변이로 태어난다.

그게 운 좋게 숫자를 늘리고 종족으로 정착하여서 세대를 거듭하며 지혜를 얻은 것이 마수다.

물론 지혜를 얻었더라도 인간을 습격하는 것은 마물이라고 불리는 경우가 많은 모양이다.

반대로 마수가 세대를 거듭하며 흉포해지거나 마물로 돌아가는 케이스도 있다나.

구체적인 선은 없는 모양이다.

마물—인간을 덮친다.

마수—인간을 덮치지 않는다.

이런 인식이면 될까.

"그렇다면 마족은 마수가 진화한 것입니까?"

"전혀 다릅니다. 마족이란 단어는 태고에 인간과 마족이 전쟁을 벌이던 시절에 붙은 명칭입니다."

"아까 말했던 인마대전이란 그거 말인가요?"

"그렇습니다. 최초의 전쟁이 있었던 것은 7,000년 전이지요."

"정말 정신이 아득해질 정도로 옛날이네요."

이 세계는 꽤나 긴 역사를 가진 모양이다.

"그리 옛날도 아닙니다. 400년 전에도 인간과 마족 사이에 전쟁이 있었으니까요. 인간과 마족은 7,000년 전에 싸움을 시작한 뒤로 쉬어가면서 계속 전쟁을 하고 있습니다."

400년 전이라도 꽤나 옛날이라고 생각하는데, 자그마치 7,000년 이상이나 계속 싸웠나.

사이가 나쁘군.

"하아, 그렇군요. 그래서 결국 마족이란?"

"마족을 정의하기란 꽤나 어렵지만요…."

이른바 '가장 최근 전쟁에서 마족 쪽에 붙었던 종족'이란 것이 가장 알기 쉬운 말인가 보다.

물론 예외도 있는 모양이지만.

"아, 참고로 저도 마족입니다."

"오, 그랬습니까?"

마족이 여기서 가정교사를 한다.

그 말은 지금은 전쟁을 하지 않는단 소리?

평화가 최고.

"예. 정식으로는 마대륙 비에고야 지방의 미굴드족입니다. 루디의 부모님도 처음에 제 모습을 보고 놀랐지요?"

"그건 선생님이 작아서 그랬는 줄 알았는데요."

"작지 않습니다."

록시는 토라진 얼굴로 즉각 반론했다. 작다는 게 신경 쓰이나 보다.

"그건 제 머리칼을 보고 놀란 겁니다."

"머리칼?"

파랗고 예쁜 머리라고 생각하는데.

"마족은 일반적으로 녹색에 가까운 머리색을 가진 종족일수록 흉포하고 위험하다고 합니다. 특히나 제 머리칼은 빛을 받으면 녹색으로 보이지 않는 것도 아니니까…."

녹색.

이 세계의 경계색이란 걸까.

록시의 머리는 눈이 번쩍 뜨일 만한 파란색이다.

그녀는 자기 앞머리를 뱅글뱅글 말면서 설명했다.

그 모습이 귀여웠다.

일본에서 파란색 머리라고 하면 펑크 계열이나 아줌마들이 하는 게 보통이다.

그런 사람들을 봐도 나는 부자연스러움과 혐오감밖에 들지 않았다.

하지만 록시의 머리칼은 전혀 부자연스럽지 않고 혐오감도 들지 않는다.

오히려 록시의 살짝 졸린 듯한 눈과 잘 어울렸다.

야겜의 히로인이었으면 제일 먼저 공략할 만큼 어울렸다.

"선생님 머리는 예뻐요."

"…고맙습니다. 하지만 그런 건 장래에 좋아하는 애가 생기거든 말하도록 하세요."

"전 선생님을 좋아해요."

망설이지 않고 말했다.

나는 망설이지 않는다.

예쁜 애한테는 전부 다 침을 발라 놓는다.

"그렇습니까. 앞으로 10년 지난 뒤에도 생각이 변하지 않거든 다시금 말해 주세요."

"예, 선생님."

간단히 무시당했지만, 록시가 살짝 기쁜 표정을 짓는 건 놓치지 않았다.

야겜으로 단련된 나이스가이 스킬이 이세계에서 얼마나 통용될지는 알 수 없었다.

하지만 전혀 무의미한 건 아닌 모양이었다.

일본에서는 낡아빠진 농담처럼 들리는, 살짝 창피할 정도의 말도 이 세계라면 정열적이고 유니크한 사랑의 도화선이다.

무슨 말을 하는 건지 스스로도 모르겠다.

록시는 귀엽고 야한 부분도 있으니까 플래그를 세워두고 싶었다.

하지만 나이 차이가 꽤 되지.

장래적으로 어떻게 될까….

"그럼 이야기를 되돌리겠는데, 화려한 색일수록 위험하다는 건 완전히 미신입니다."

"아, 미신인가요."

진지하게 경계색이라고 생각했는데 손해봤다.

"예. 바비노스 지방에 스펠드족이라는 머리카락이 녹색인 마족이 있었습니다만, 그들이 400년 전의 전쟁에서 크게 날뛰었기 때문에 그런 식의 이야기가 나돌게 되었습니다. 그러니 머리 색깔은 관계없습니다."

"크게 날뛰었나요."

"예. 고작 십여 년 정도의 전쟁에서 적이고 아군이고 모든 동족에게 두려움을 사고 경원당할 정도로 날뛰었습니다. 전쟁이 끝난 뒤에 박해를 받아서 마대륙에서 쫓겨났을 정도로 위험한 종족이었습니다."

전쟁이 끝난 뒤에 아군에게 쫓겨났다는 소린가.

대단하네.

"그렇게 미움을 샀나요….."

"그렇게 샀습니다."

"무슨 짓을 했길래요?"

"글쎄요, 그건 저도…. 다만 아군 마족의 마을을 습격해서 여자와 아이들을 죄다 죽였다던가, 전장에서 적을 전멸시킨 뒤에 아군도 전멸시켰다던가, 그런 이야기를 어렸을 적에 몇 번이나 들었습니다. 밤늦게까지 안 자고 있으면 스펠드족이 와서 잡아먹는다고."

애 잡아먹는 귀신이냐.

"미굴드족도 스펠드족에 가까운 종족이라서 과거에는 꽤 안 좋았다고 들었습니다. 조만간 부모님께 들을 기회가 있으리라고 생각합니다만…."

록시는 거기서 잠시 말을 끊었다.

"잘 들으세요. 에메랄드그린색 머리칼을 가졌고 이마에 붉은 보석 같은 것이 박힌 종족에게는 절대 가까이 가면 안 됩니다. 어쩔 수 없이 대화해야만 하는 경우에도 결코 상대를 화나게 해선 안 됩니다."

에메랄드그린색 머리, 이마에 붉은 보석.

그게 스펠드족의 특징인가 보다.

"화내게 하면 어떻게 되나요?"

"가족이 죄다 죽을지도 모릅니다."

"에메랄드그린과 이마에 붉은 보석, 이랬죠?"

"그렇습니다. 그들은 이마의 그것으로 마력의 흐름을 봅니다. 제3의 눈이지요."

"스펠드족은 여자밖에 없나요?"

"예? 아닌데요? 당연히 남자도 있습니다."

"이마의 보석이 어떻게 하면 푸른색으로 변하기도 하나요?"

"예? 아뇨, 아닌데요? 적어도 제가 아는 한으로는."

록시는 대체 무슨 소리를 하냐는 듯이 고개를 갸웃거렸다.

나도 묻고 싶었던 걸 물어서 만족했다.

"하지만 그만큼 눈에 띄면 알아보기 쉽겠네요."

"예. 보거든 따로 일이 있는 척하고 도망치세요. 갑자기 도망치면 자극할 우려가 있으니까요."

불량배 얼굴을 보고 바로 도망치면 왠지 모르게 쫓아와서 시비를 거는 것과 비슷한가.

경험이 있다.

"말을 한다고 해도 상대를 존중하며 말하면 문제없지 않나요?"

"대놓고 모멸하지 않으면 문제없겠지요. 하지만 인간족과 마족은 상식이 다른 부분도 많으니까 어떤 말이 계기가 되어서 폭발할지 모릅니다. 빙 둘러 야유하는 건 삼가는 편이 좋겠지요."

흠.

짜증을 잘 내는 걸까.

하지만 박해를 받았다고 그랬는데, 듣기론 오히려 두려움을 산다는 느낌이다.

그 녀석들을 화내게 하면 위험하니까 근처에서 쫓아내자는 느낌일까.

무섭다, 무서워.

여기서 죽으면 또 인생을 새로 시작할 수 있을 것 같진 않고.

최대한 다가가지 않도록 하자.

스펠드족, 위험하다.

나는 그렇게 마음에 새겼다.

1년 정도 지났다.

마술 수업은 순조로웠다.

최근에는 모든 계통에서 상급 마술까지 쓸 수 있게 되었다.

물론 무영창으로.

평소에 하는 연습과 비교하면 상급 마술은 코 후비는 거나 마찬가지였다.

아니, 상급 마술은 범위공격이 많아서 사용하기 불편하다고 느꼈다.

광범위하게 비를 내리게 해서 뭣에 쓰지?

그렇게 생각했더니 비가 계속 내리지 않는 날에 록시가 보리밭에 비를 내려서 마을사람들에게 대찬사를 들었던 모양이다.

나는 집에 있었으니까 파울로에게 들은 이야기지만.

록시는 그 외에도 마을사람에게 의뢰를 받아서 마술로 문제를 해결했다나 보다.

'흙을 팠더니 커다란 바위가 묻혀 있었어. 도와줘, 록시에몽!!'

'맡겨줘, 돈○라코.'

'뭐야, 그 마술?'

'이건 말이지, 바위 주위의 흙을 물 마법으로 적시고 흙 마법을 사용해 진흙으로 만드는 혼합마술이야.'

'우와, 대단해, 바위가 점점 지하로 가라앉아!!'

'우～후～후～.'

그런 느낌이다!! (아마도)

"역시나 선생님. 남을 돕는 일에도 여념이 없네요."

"남을 돕는다? 아닙니다. 이건 용돈 벌이입니다."

"돈을 받았나요?"

"당연합니다."

이런 수전노가.

그렇게 생각했는데, 마을사람들도 그걸 수긍하는 모양이었다.

마을에는 그런 일을 할 수 있는 사람이 없었으니까 록시는
크게 칭찬을 들었다나 보다.

기브 앤드 테이크인가.

내 감각이 잘못된 것이다.

곤경에 처한 사람을 무상으로 돕는 건 당연.

그건 일본인의 감각이다.

보통은 돈을 받는다.

그것이 보통이다. 상식이다.

뭐, 생전의 나는 집에 틀어박혀 있었으니까 곤경에 빠진 사
람을 돕기는커녕 가족 전체에게 귀찮은 녀석 취급을 받았지만.

하하하.

어느 날 문득 물어보았다.

"선생님을 선생님이 아니라 스승님이라고 부르는 편이 좋지
않을까요?"

그러자 록시는 눈에 띄게 싫은 얼굴을 했다.

"아뇨, 아마 당신은 저를 간단히 뛰어넘을 테니까 그러지 않
는 편이 좋겠죠."

나는 록시를 뛰어넘을 인재인가 보다.

그렇게 평가해 주니 쑥스럽네.

"자기보다 힘이 부족한 이를 스승이라고 부르는 건 싫지요?"

"딱히 싫지 않은데요."

"제가 싫습니다. 저보다 우수한 사람에게 스승이라고 불리는 건 창피하지 않습니까."

그런 건가.

"선생님은 선생님의 스승님보다 강해졌으니까 그렇게 말하는 건가요?"

"잘 들으세요, 루디. 스승이란 건 말이죠. 더 이상 가르칠 수 있는 게 없다고 말하면서도 틈만 나면 이런저런 간섭을 하는 귀찮은 존재입니다."

"하지만 록시는 그러지 않을 거잖아요?"

"할지도 모릅니다."

"혹시 그렇더라도 나는 존경할 건데요?"

틈만 있으면 잘난 듯이 뻐기는 얼굴로 충고하는 록시.

분명 나는 싱글싱글 웃으면서 모시겠지.

"아뇨, 저도 제자의 재능에 질투하면 무슨 소리를 할지 모릅니다."

"예를 들어서?"

"더러운 마족 주제에, 라든가, 촌놈 주제에, 라든가."

그런 소릴 들었나.

불쌍하게도.

차별은 좋지 않아.

하지만 상하관계란 그런 것이다.

"빼겨도 좋지 않나요?"

"나이가 많다는 이유만으로 빼기면 안 됩니다!! 실력이 뒷받침되지 않는 사제 관계는 불패힐 뿐입니다!!"

단언이었다.

꽤나 스승과의 사이가 안 좋았던 모양이다.

아무튼 그런고로 나는 록시를 스승님이라고 부르지 않기로 했다.

하지만 마음속으로는 계속 스승님이라고 부르기로 했다.

어린 티가 남은 이 소녀는 책을 읽는 것만으로는 이해할 수 없는 것을 잘 가르쳐 주었으니까.

제5화 검술과 마술

다섯 살이 되었다.

생일에는 작은 파티가 열렸다.

이 나라에서는 생일을 매년 축하하는 관습이 없는 모양이다. 하지만 일정 나이가 되면 가족이 뭔가 선물하는 게 통례인 듯했다.

일정 나이란 다섯 살, 열 살, 열다섯 살.

열다섯 살로 성인이니까 대단히 알기 쉽다.

파울로는 검을 선물해 주었다.

두 자루였다.

다섯 살짜리 애가 들기엔 길고 무거운 진검과 짧은 목검.

진검은 제대로 담금질한 것이라서 칼날도 서 있었다.

어린애가 가져도 될 만한 물건이 아니었다.

"남자는 마음속에 검 한 자루씩 가지고 있어야 해. 소중한 이를 지키려면—"

이 말씀은 길었으니까 싱글거리면서 흘려 넘겼다.

파울로는 기분 좋은 듯이 떠들었지만, 결국에는 제니스가 길다며 타박했다.

파울로는 쓴웃음과 함께 '그러니까 필요한 때 이외에는 꺼내지 말 것'이라는 말로 끝맺었다.

아마도 파울로가 주고 싶었던 것은 검을 갖는다는 것에 대한 자각과 각오겠지.

제니스에게서는 책 한 권을 받았다.

"루디는 책을 좋아하니까."

그러면서 받은 것은 식물사전이었다.

무심코 "오옷." 하고 소리를 내었다.

이 세계에서 책은 값비싸다. 제지기술은 있어도 인쇄기술은 없는지, 전부 손으로 쓴 책이었다.

식물사전은 두꺼웠고 삽화도 넣어가며 알기 쉽고 친절하게 설명한 것이었다.

대체 가격이 얼마나 나갈까?

"고맙습니다, 어머님. 이런 걸 갖고 싶었습니다."

그렇게 말하자 꼭 껴안아 주었다.

록시에게서는 롯드를 받았다.

30센티미터 정도 되는 스틱 끝에 작고 붉은 돌이 달린 소박한 것이었다.

"저번에 제작한 것입니다. 루디는 처음부터 마술을 썼기 때문에 깜빡했는데, 스승은 초급 마술을 쓸 줄 아는 제자에게 지팡이를 만들어 주는 법이었습니다. 미안합니다."

그런 건가 보다.

록시는 스승이라고 불리는 걸 싫어했지만, 관습을 무시하는 건 내키지 않았던 모양이다.

"예, 스승님. 소중히 할게요."

그렇게 말하자 록시가 쓴웃음을 지었다.

다음날부터는 본격적인 검술 훈련이 시작되었다.

기본적으로는 휘두르기나 자세를 잡는 것 중심으로.

정원에 만든 나무인형을 상대로 자세를 잡거나 휘두르는 동작을 보거나 아버지를 상대로 대련을 하며 발놀림이나 체중 이동 훈련을 하는 식이었다.

기초적인 것이라서 참 좋았다.

이 세계에서 검술은 꽤나 중요하게 여겨졌다.

책에 나오는 영웅들도 대부분이 검으로 무장하였다. 가끔씩 도끼나 철퇴를 든 사람도 있긴 하지만 소수파다.

창을 쓰는 녀석은 없지만, 이건 저번에 이야기 나왔던 스펠드족이 삼지창을 썼기 때문이다. 창은 마족의 무기라는 인식이 있다. 일단 책에는 그런 악마가 몇 마리나 등장했다. 적이고 아군이고 잡아먹는 무차별 살인귀 같은 역할이었다.

그런 배경도 있기 때문일까, 이쪽의 검술은 예전에 있던 세계보다 뛰어났다.

달인이 되면 바위를 단칼에 벨 수 있다든가 멀리 떨어진 상대를 공격할 수 있다든가 한다.

실제로 파울로도 바위 정도는 가를 수 있었다.

원리를 알고 싶어서 마구 칭찬하며 졸라댔더니 몇 번이나 보여주었다. 어린 나이에 상급 마술까지 쓰는 아들이 기뻐하며 박수를 치니까 파울로도 자못 기분이 좋았겠지.

뭐, 몇 번을 봐도 원리를 도무지 알 수는 없었지만.

봐도 알 수가 없어서 설명해 달라고 했는데….

"파악 치고 들어가서 촤악!! 이란 느낌이다."

"이렇게요?!"

"멍청아! 그건 꾸욱 들어가서 쿵이잖아!! 파악 들어가서 촤악이라고! 더 가볍게!"

이런 식이었다.

이건 추측이지만, 이 세계의 검술에는 마력이 얽혀 있다.

마술이 딱 보기에도 마법처럼 발현하는 것과 달리, 검술 쪽은 육체강화나 검 같은 금속의 강화라는 방면으로 특화되었다. 그러지 않으면 초고속으로 움직이면서 바위를 가르는 것 따윈 절대 불가능하다.

물론 파울로에게 마력을 쓴다는 의식은 없었다.

그렇기에 설명도 할 수 없다.

하지만 재현할 수 있게 되면 신체 강화 부스트 마술을 쓸 수 있게 되는 것과 같겠지.

노력해 보자.

이 세계에서는 주류가 되는 유파가 세 가지 있다.

하나는 검신류.

공격이야말로 최대의 방어라고 하는 듯한 공격적인 검술로, 아무튼 상대에게 먼저 검을 맞추는 것을 목적으로 하는 듯한 속도 중시의 유파.

선先의 선을 취하여 일격필살.

쓰러뜨리지 못했으면 히트 앤드 어웨이로 쓰러질 때까지 계속한다.

예전 세계의 것으로 예를 들자면 사츠마 시현류*라고 할까.

또 하나는 수신류.

이쪽은 검신류와는 정반대.

흘리기와 카운터를 중심으로 하는 방어형 검술이다.

전수방어를 모토로 하기 때문에 이쪽에서 치고 들어가는 방법은 적다.

하지만 달인이 되면 모든 공격에 카운터를 낼 수 있게 된다나 보다.

모든 공격—마술이나 원거리 무기에 대해서도 말이다.

궁정기사나 귀족처럼 수비가 중심이 되는 사람이 배우는 검이다.

나머지 하나는 북신류.

이쪽은 검술이라기보다 무술이라는 모양이다.

특징적인 기술은 없고, 상황에 대응한 임기응변이 장기라고 한다.

파울로의 말로는 임기응변이라고 해도 잔꾀로 약삭빠른 짓을 하는 일이 많다고 했다.

하지만 달인이 되면 그야말로 기상천외.

※시현류(示現流) : 일본 고류 검술 중에서 가장 공격에 비중을 둔 유파. 첫 공격을 막는 검과 함께 사람을 베어 버린다는 말까지 있다.

잭ㅇ 찬의 검술판이라는 느낌이 되는 모양이다.

부상의 치료나 신체 일부가 없어져도 싸울 수 있는 유파이기 때문에 용병이나 모험가 같은 사람들에게 사랑받는 검술이다.

이것들은 3대 유파라고 불리며 세계적으로 사용되고 있다.

검사로서 극한에 도달하고 싶은 사람은 각 문파의 문을 두드리고, 죽을 정도로 검을 휘두른다고 한다.

하지만 그런 사람은 소수다.

손쉽고 빨리 강해지고 싶으면 여러 유파를 조금씩 배우며 장점만 익히는 게 기본이라고 했다.

실제로 파울로도 검신류를 주류로 하면서도 수신류와 북신류를 모두 익혔다.

검신류든 수신류든, 그것만으로 세상에 나가기에는 너무 극단적인 검술이겠지.

참고로 이런 검술도 다음과 같이 랭크가 나뉜다.

초급, 중급, 상급, 성급, 왕급, 제급, 신급.

또 각 유파의 이름에 신이 붙는 건 유파의 시조의 통칭이기 때문이다.

수신류의 초대 검사는 동시에 수신급의 마술을 다루는 마술사이기도 했다나.

검도 신급, 마술도 신급, 정말 말도 안 되게 강했던 모양이다.

참고로 검사를 부를 때는 '수신', '수성'이라고 부르지만, 마술사를 부를 때는 '수신급', '수성급'이라고 '급'을 붙이는 게 일반적이라나 보다.

예를 들어 록시는 '수성급 마술사'다.

나는 검신류와 수신류 두 종류를 배우게 되었다.

공격의 검신, 방어의 수신이라는 식이다.

"하지만 아버님. 듣기로는 북신류가 제일 균형이 잘 잡힌 것 같은데요."

"멍청한 소리. 그건 검을 써서 싸울 뿐이지 검술이 아냐."

"아하."

북신류는 세 유파 중에서도 차별받는 모양이다.

어쩌면 파울로가 개인적으로 싫어할 뿐인가.

싫어하는 것치고 파울로는 북신류도 상급인 모양인데.

"루디는 마법 재능이 있는 모양인데, 검술을 익혀둬서 손해 볼 것 없지. 검신류의 공격을 버텨낼 수 있는 마술사가 되라."

"마법검사…라는 건가요?"

"음? 마법검사는 검사가 마법을 쓸 수 있는 걸 말하지. 네 경우는 반대잖아?"

어떻게 다른 걸까.

전사에서 전직하든, 마법사에서 전직하든, 마법검사는 마법 검사라고 생각하는데.

어찌 되었든 검술을 익히면 마술에도 응용할 수 있다.

문제는 파울로가 신체능력 부스트를 무의식중에 하기 때문에 가르쳐 줄 수 없다는 점이었다.

혼자서 어떻게든 습득할 필요가 있지만, 단순히 몸을 단련하면 쓸 수 있게 되는 걸까.

어떻게든 원리를 규명해야….

"…역시 검술은 싫으냐?"

생각에 잠겼더니 파울로가 불안한 얼굴로 물어왔다.

내게는 마술의 재능이 있다는 얘기를 들어서일까.

파울로는 내가 검술 연습을 바라지 않는 게 아닐까 고민하는 듯했다.

하지만 착각하지 말아줬으면 싶다. 나는 검술 연습이 싫은 게 아니다. 땀내 나는 남자와 정원에서 시원하게 땀을 흘리기보다도 록시와 단둘이서 공부하는 편이 좋을 뿐이다.

인도어in door파인 것이다.

물론 그것도 호불호의 문제다.

이 세계에서 성실하게 살기로 결심했으니까 검도 마술도 노력해야지.

"아뇨, 마술과 비슷하게 검술도 잘하고 싶어요."

파울로는 그 말에 찡 하니 감동한 것처럼 기쁜 듯이 고개를 끄덕이더니 목검을 들었다.

"좋아, 그럼 대련을 시작할까. 덤벼봐!"

단순한 남자였다.

마술과 검술. 최종적으로 어느 쪽이 미더울지는 모르겠다.

솔직히 말해서 어느 쪽이라도 좋았다.

"예!! 아버님!!"

하지만 효행은 일찍부터 해 두어야 한다.

생전의 부모님께는 돌아가실 때까지 고생만 시켜 드렸다.

혹시 내가 부모님에게 더 잘해 드렸으면 형제들도 나를 느닷없이 집에서 내쫓는 짓을 하지 않았을지도 모른다.

그러니까 부모는 소중히 해야지.

그렇게 검술의 초보에 발을 디뎠을 무렵, 마술 수업은 꽤나 기술적, 그리고 실전적인 부분으로 진입하였다.

"워터 폴, 히트 아일랜드, 아이시클 필드를 순서대로 발생시키면 어떻게 됩니까?"

"안개가 발생합니다."

"그렇습니다. 그럼 그 안개를 없애려면?"

"어어, 다시금 히트 아일랜드를 써서 지면을 데웁니다."

"바로 그렇습니다. 직접 해 보세요."

복수 계통을 순서대로 사용하여 현상을 발생시킨다.

이것은 '혼합 마술'이라고 불린다.

마술교본에서는 비를 내리게 하는 마술이 실려 있지만, 안개를 발생시키는 마술은 왜인지 실려 있지 않았다.

그래서 마술사는 다른 계통의 마술을 순서대로 쓴다. 그렇게 하여서 자연현상을 재현하는 것이다.

현미경이 없는 이 세계.

자연현상의 원리까지 해명되었을 리가 없겠지.

혼합 마술에는 과거 마술사의 창의정신이 담겨 있다.

뭐, 내가 그런 귀찮은 짓을 할 필요는 없다.

구름을 만들고 비를 내리게 하는 마술을 지면 아슬아슬한 위치에서 발동하기만 하면 된다.

하지만 자연현상을 의도적으로 발생시킨다는 건 이해하기 쉬웠다.

머리를 쥐어짜면 여러 가지를 할 수 있을 것 같았다.

내 머리로는 조금 어렵겠지만.

"마술은 뭐든지 할 수 있네요."

"뭐든지는 아닙니다. 과신해선 안 됩니다. 그저 냉정하게, 자기가 할 수 있는 일, 해야 할 일을 담담하게 하세요."

록시는 그렇게 나무랐지만, 내 머릿속에서는 초전자파나 광학미채 같은 단어가 뜀뛰었다.

"그리고 뭐든지 할 수 있다고 떠들고 다녔다간 불가능한 일도 떠맡게 될 겁니다."

"선생님의 경험담인가요?"

"그렇습니다."

과연, 그거 주의해야겠다.

그런 일을 떠맡는 건 귀찮으니까.

"하지만 마술사에게 일을 맡기는 사람이 그렇게 많은가요?"

"예, 상급 마술사는 숫자가 많지 않으니까요."

싸울 수 있는 인간이 스무 명 중 한 명.

그중에서도 마술사는 또 스무 명 중 한 명.

그런 느낌인가 보다.

마술사는 400명 중 한 명 있다는 건가.

마술사 자체는 딱히 드물지도 않지만.

"마술학교를 졸업할 정도로 제대로 배운 사람…. 즉 상급 마술사라면 마술사 백 명 중 한 명 정도겠지요."

상급 마술사는 4만 명 중 한 명.

중급, 상급 마술에 혼합 마술을 다룰 수 있으면 가능한 일은 비약적으로 늘어난다.

따라서 여기저기서 데려간다는 모양이다.

이 나라의 가정교사도 상급 이상이라는 자격이 필요하다.

자격으로서의 효과도 강하다.

"마술학교 같은 것도 있나요."

"예. 마술학교는 대국이라면 어디에든 있습니다."

있을 것 같긴 했는데 진짜로 마술학교가 있었나.

시작된 건가, 학교편?

"하지만 역시 제일 큰 것은 라노아 마법대학이겠죠."

호오, 대학도 있나.

"그 대학은 다른 학교와 어떻게 다른가요?"

"좋은 설비와 교사진을 갖추고 있습니다. 다른 학교에서 배우는 것보다 근대적이고 고도의 강의를 들을 수 있겠죠."

"선생님도 대학 출신인가요?"

"그렇습니다. 물론 마술학교라는 건 격식 높은 것이기에, 마족인 저는 마법대학밖에 들어갈 수 없었습니다."

귀족 자제가 다니는 라노아 왕국의 마술학교는 인간이 아니라는 이유만으로 심사에서 떨어뜨리는 모양이다.

마족에 대한 차별이 적어지고 있지만, 역시 아직 맞바람이 거센 모양이다.

"라노아 마법대학에는 이상한 격식이나 프라이드가 없습니다. 올바른 이론이라면 기발하더라도 일축당하는 일이 없고, 여러 종족을 받아들여서 각 종족의 독자마술의 연구도 하고 있습니다. 혹시 루디가 마술의 길을 걷고 싶다면 마법대학에 다니는 것을 추천하겠습니다."

자기의 출신 학교라서 그런지 엄청나게 칭찬했다.

뭐, 더 나중의 이야기겠지.

다섯 살에 입학하면 괴롭힘 당할지도 모르고.

"그런 걸 정하기에는 아직 이르지 않을까요…."

"그렇군요. 파울로 님의 의향에 따라서 검사나 기사의 길을 가는 것도 좋을 겁니다. 기사 자리를 손에 넣고서 마술대학에 입학한 자도 있었습니다. 검과 마법, 어느 한쪽의 길밖에 없다고 생각하진 마세요. 마법검사라는 길도 있으니까요."

"예."

그렇기는 해도.

파울로와는 반대로 록시는 내가 마술을 싫어하지 않을까 불안한 눈치였다.

최근에는 마력량도 늘었고 법칙도 알게 되었다.

고로 수업을 얼렁뚱땅 듣는 일이 많아졌다.

애초에 세 살 때 억지로 시작하게 된 마술 수업.

2년이 지나면서 슬슬 싫어지기 시작했다.

그렇게 생각한 걸지도 모른다.

파울로는 내 마술 재능을 보고.

록시는 내 검술에 대한 관심을 보고.

각기 다른 이유로 중간의 길도 있다고 말해 주는 거겠지.

"하지만 아직 이른 이야기잖아요?"

"루디에게는 그렇지요."

록시는 쓸쓸한 듯이 웃었다.

"하지만 슬슬 제가 가르칠 수 있는 것도 얼마 남지 않았습니다. 졸업도 머지않았으니까 이런 이야기를 해도 좋겠죠."

…졸업?

제6화 존경의 이유

이 세계에 온 뒤로 나는 집 밖으로 나간 적이 없었다.

의도적으로 나가지 않았다.

무섭기 때문이다.

정원에 나가서 밖을 보면 곧바로 기억이 되살아났다.

그 날의 기억. 옆구리의 고통. 차가운 비. 안타까움. 절망감. 트럭에 치일 때의 고통.

그것들이 어제 일처럼 되살아났다.

다리가 떨렸다.

창으로 밖을 내다볼 수는 있었다. 내 다리로 정원까지 나갈 수는 있었다.

하지만 그 이상은 나갈 수 없었다.

나는 알고 있었다.

눈앞에 펼쳐진 온화한 전원풍경은 순식간에 지옥으로 변한다. 그야말로 평화 그 자체인 풍경은 결코 나를 받아들여 주지 않는다.

생전에 집 안에서 끙끙대면서 몇 번이나 망상했던가.

일본이 갑자기 전쟁에 휘말리면. 어느 날 갑자기 미소녀 식객이 생기면.

그러면 분명 나는 노력할 수 있을 것이다.

그런 망상을 하며 현실도피를 했다.

몇 번이고 꿈꾸었다.

꿈속의 나는 초인이 아니었지만 남들과 같았다. 남들처럼 자기가 할 수 있는 일을 했다. 혼자서 살 수 있었다.

하지만 꿈에서 깨어났다.

혹시 한 걸음이라도 집 밖으로 나가면 이 꿈에서도 깨어날지 모른다.

꿈에서 깨어나 절망의 순간으로 돌아갈지도 모른다.

후회의 파도에 짓눌려 버릴 듯한 그 순간으로….

아니, 이건 꿈이 아니다.

이렇게 리얼한 꿈이 있을 리가 없다.

VRMMORPG라고 하는 편이 그나마 납득할 수 있다.

이건 현실이다.

그래, 스스로에게 그렇게 들려주었다.

알고 있다.

이 현실은 꿈이 아니다.

알고 있지만 나는 한 발짝도 나갈 수 없었다.

마음속으로는 아무리 의욕이 넘쳐도.

열심히 하겠다고 말로 맹세해도.

몸은 결코 따라오지 않았다.

울음이 나올 것만 같았다.

졸업시험은 마을 밖에서 치른다.

그렇게 말한 록시에게 나는 살짝 저항했다.

"밖인가요?"

"예, 마을 밖입니다. 이미 말도 준비했습니다."

"집 안에서 하는 걸로는 안 되나요?"

"안 됩니다."

"안 되나요…."

나는 망설였다.

머릿속으로는 알고 있었다. 언젠가 밖에 나가야만 한다.

이 세계에서도 집 안에만 틀어박혀 있을 순 없다고.

하지만 몸이 거부했다. 그때의 일을 기억하는 것이다.

생전에 불량배들에게 얻어맞고 비웃음을 사서 마음에 큰 상처를 입었던 때를.

어떻게 할 수도 없어서 집에 틀어박혔던 때의 일을.

"왜 그러나요?"

"아뇨… 저기…, 밖에는 마물이 있을지도 모르고."

"이 근처는 숲에 다가가지 않으면 어지간해선 마주칠 일 없습니다. 그리고 마주치더라도 약하니까 저 혼자서 해치울 수 있습니다. 아니, 루디라도 할 수 있을 거예요."

이런 때에도 이런저런 이유를 대며 밖으로 나가지 않으려 드는 나를 보고 록시는 의아한 얼굴을 했다.

"아, 그러고 보면 들었어요. 루디, 당신은 밖에 나간 적이 없다고 하던데요?"

"우우… 예."

"말이 무서운 건가요?"

"마, 말은 별로 무섭지 않거든요?"

빌은 오히려 좋아하는데?

더비ㅇ타 같은 게임도 해 봤고.

"후후, 안심했습니다. 의외로 또래다운 면도 있군요."

록시는 착각하고 있었다.

하지만 밖에 나가는 게 무섭다곤 할 수 없었다.

그건 분명 말이 무섭다는 것보다 한심할 테니까.

내게는 자존심이 있었다.

내실 없는 조그만 자존심이다.

이 작은 소녀에게 비웃음 사고 싶지 않다는, 그저 그것뿐인 자존심.

"어쩔 수 없군요. 여엉차."

내가 움직이지 않자, 록시는 갑자기 나를 어깨에 올렸다.

"어?!"

"일단 타 보면 금방 괜찮아질 거예요."

나는 날뛰지 않았다.

마음속으로 갈등이 있었던 탓이기도 했지만, 이렇게 따라가서 흐름에 맡기면 되지 않을까 하는 마음도 있었다.

록시는 가볍게 내던지듯이 날 말 위에 태우더니 뒤에 올라타고 고삐를 가볍게 다루었다.

말은 뚜벅뚜벅 발을 옮겼다.

나는 간단히 집을 나가게 되었다.

★　　★　　★

이 세계에 온 뒤로 정원 밖을 나가는 건 처음이었다.

록시는 마을 안을 천천히 이동하였다.

때때로 우리를 보고 마을 사람들이 아무렇지도 않게 시선을 보냈다.

설마 싶었다.

몸이 긴장을 띠었다.

시선은 지금도 무섭다.

조심성 없이 아랫사람을 내려다보는 눈은 특히나.

명백히 비웃는 어조로 말을 걸어오지나 않을까.

그러진 않겠지.

모를 것이다.

이 세계에서 나를 아는 사람은 저 좁은 집 외에는 없다.

그런데 왜 보는 거야.

보지 마. 일을 해….

아니….

내가 아니다.

록시를 보는 것이다.

개중에는 록시를 향해 말을 거는 사람도 있었다.

아, 그런가.

그녀는 마을 안에서 자기 위치를 만들었다.

이 나라에서 아직 마족에 대한 시선이 안 좋은데도.

시골마을이라면 그런 경향은 더욱 두드러질 텐데.

고작 2년 만에 그녀는 이 마을에서 허물없이 인사를 주고받는 존재가 되었다.

그렇게 생각한 순간 등 뒤의 록시가 아주 든든하게 느껴졌다.

그녀는 길을 알고 사람들과 어울렸다.

혹시 사람들이 내게 뭐라고 말하려고 해도 어떻게든 해 주겠지.

아아, 설마 침실을 엿보며 그런 짓을 하던 소녀가 이렇게 든든하게 느껴지다니.

차츰 내 몸에서 긴장이 빠져나가는 게 느껴졌다.

"카라바조가 기분 좋은가 보군요. 그는 루디를 태워서 기쁜 모양입니다."

카라바조란 말의 이름이다.

당연하지만 나는 말의 기분 따윈 모른다.

"그런가요?"

적당히 대답하면서 몸을 기대자, 록시의 얌전한 가슴이 목덜미에 느껴졌다.

좋은 느낌이다.

나는 뭘 두려워했던 걸까.

이렇게 평화로운 마을에서 누가 날 놀린다는 걸까.

"아직도 무섭습니까?"

그런 질문에 나는 고개를 내저었다.

사람의 시선은 더 이상 두렵지 않았다.

"아뇨, 이제 괜찮아요."

"보세요, 괜찮다고 했죠?"

마음에 여유가 생겼다.

그러자 주위의 풍경이 눈에 들어왔다.

시야 전체를 차지하는 밭과 아담한 집이 듬성듬성 서 있었다.

그야말로 농촌이라는 느낌이었다.

꽤나 넓은 범위에 상당한 숫자의 집이 보였다. 더 밀집하면 거리처럼 보였을지도 모르겠다.

풍차가 서 있으면 스위스라고 생각했을지도 모르겠다.

아, 물레방앗간도 있나.

마음이 편안해지자 침묵이 문득 마음에 걸렸다. 여태까지 록 시와 있을 때는 이런 침묵이 없었다.

이런 식으로 둘이서 밀착해 있는 일도 없었다. 침묵이 괴롭 진 않았지만 왠지 멋쩍었다.

그래서 나는 입을 열었다.

"선생님. 이 밭에서는 뭐가 나나요?"

"주로 아슬란 보리입니다. 빵의 원료지요. 그리고 바티루스 꽃과 약간의 채소일까요. 바티루스 꽃은 왕도에서 가공하여 향 료를 만듭니다. 그 외에는 항상 식탁에 오르는 것뿐이지요."

"아, 저기 저건 피망이네요. 선생님은 못 먹죠?"

"아, 아니, 못 먹는 건 아닙니다. 조금 싫을 뿐입니다."

나는 이것저것 질문을 던졌다.

록시는 오늘이 최종시험이라고 말했다.

즉 가정교사가 끝난다는 뜻이다.

성격 급한 록시니까 내일이면 집을 나갈지도 모른다.

그렇게 되면 오늘이 마지막이다. 더 이야기를 나누자.

하지만 눈치 빠르게 화제를 찾을 수도 없어서 나는 마을 이야기만 계속해서 들었다.

록시의 이야기를 따르면, 이 마을은 아슬라 왕국의 북동쪽에 있는 피트아령의 일부로 부에나 마을이라는 이름인 듯했다.

현재는 30세대 정도가 농사를 지으며 산다고 했다.

내 아버지인 파울로는 이 마을에 파견된 기사다.

마을 사람들이 제대로 일을 하는지 감시하는 동시에 마을 안에서 일어난 싸움을 중재하거나 마물 등이 공격해 왔을 때에는 마을을 지키는 일을 맡았다.

말하자면 국가 공인 경호원인 셈이다.

그렇다고 해도 이 마을에는 젊은이들이 돌아가면서 경비를 선다.

그러니까 파울로도 오전 중에 순찰을 마치면 오후에는 대개 집에 있다.

기본적으로 평화로운 마을이니까 일이 없다.

그런 이야기를 하고 있자 차츰 밭도 적어졌다.

물어볼 것도 없어져서 한동안 또 침묵했다.

그 뒤로 또 한 시간 정도 지났을까.

주위에 완전히 밭이 사라지고 아무것도 없는 초원으로 이동하였다.

★　　★　　★

지평선 끝까지 죄다 초원이었다.

아니, 저 멀리 희미하게 산이 보였다.

적어도 일본에서는 볼 수 없는 광경이겠지.

지리 교과서에서 보았던 몽골의 광경이 이런 느낌이었을까.

"이 근처면 되겠죠."

록시는 덩그러니 홀로 서 있는 나무 옆에 말을 세우더니 내려서 고삐를 나무에 묶었다.

그리고 나를 껴안아 내려주고는 마주보듯이 섰다.

"이제부터 저는 수성급 공격 마술 '큐므로닌버스'를 쓰겠습니다. 이 마술은 광범위하게 벼락을 동반한 호우를 내리는 마술입니다."

"예."

"따라서 해 보세요."

수성급의 마술을 쓴다.

과연, 그게 최종시험의 내용인가.

이제부터 사용하는 것이 록시의 최대 마술이고, 내가 쓸 수 있게 되면 록시에게 배울 수 있는 것은 없다는 뜻이다.

"저는 시범이기 때문에 1분 정도로 끝내겠지만, 그렇군요….한 시간 이상 계속 비를 내리게 한다면 합격으로 하겠습니다."

"비전 마술이니까 사람이 없는 곳에서 하는 건가요?"

"아닙니다. 사람이나 농작물에게 피해가 날지도 모르기 때문입니다."

호오.

농작물에 피해가 날 레벨의 비를 내리게 하는 건가.

그거 대단하네.

"그럼."

록시는 하늘을 향해 두 손을 들었다.

"웅대한 물의 정령이자 하늘에 오른 뇌제의 왕자여!!

내 청을 들어주어 흉포한 은혜로 왜소한 존재에게 힘을 보이라!!

신의 철퇴를 바닥에 내리쳐 위엄을 보이고 대지를 물로 뒤덮으라!!

아아, 비여!! 모든 것을 휩쓸고 모든 것을 쫓아내라!!

'큐므로닌버스'!!"

하나하나의 단어를 곱씹듯이 천천히 외웠다.

시간으로는 1분 이상.

그걸 다 외운 순간, 순식간에 주위가 어두워졌다.

몇 초 정도의 타임랙— 그리고 내리치듯이 비가 쏟아지기 시작했다.

엄청난 폭풍이 휘몰아치고 시커먼 먹구름이 벼락을 일으켰다.

쏴아쏴아 하고 폭포처럼 쏟아지는 빗속에서 쿠릉쿠릉 소리를 내며 보라색 빛이 구름 속에서 일었다.

마치 빛이 무게를 띤 것처럼 차례로 부풀더니— .

—떨어졌다.

쿠콰쾅!!

나무에 떨어졌다.

고막이 찡하니 울리고 눈이 뜨끔거렸다.

기절하는 줄 알았다.

"앗!"

록시가 깜빡 실수를 저질렀을 때의 소리를 냈다.

구름이 단숨에 흩어졌다.

비도 번개도 금방 잦아들었다.

"우와아아…."

록시는 새파란 얼굴로 나무 쪽으로 달려갔다.

살펴보니 말이 연기를 내며 쓰러져 있었다.

록시는 말에게 손을 대고 곧바로 주문을 외웠다.

"어머니 되시는 자애의 여신이여, 그 자의 상처를 막고 건강한 몸을 돌려주소서 '익스힐링'!!"

록시가 허둥지둥 중급 치유 마술을 쓰자 미지않아 말은 다시 일어났다.

즉사는 아니었던 모양이다.

중급 치유 마술로는 죽은 사람을 되살릴 수 없으니까.

말은 겁먹은 얼굴이었고, 록시의 이마에는 진땀이 잔뜩 배어났다.

"휴, 휴우···. 큰일 날 뻔했습니다."

분명히 큰일 날 뻔했다.

저 말은 우리 집에 한 필밖에 없는 말이다.

파울로가 매일 정성들여 관리하고, 가끔씩은 싱글거리는 얼굴로 말을 타고 멀리까지 나간다.

딱히 명마는 아니지만, 오랫동안 고락을 함께한 친구라서 제니스 다음으로 사랑한다는 말까지 아끼지 않을 만큼 소중한 말이다.

물론 2년 동안 함께 산 록시도 그걸 잘 안다.

록시가 황홀한 표정으로 말에게 착 달라붙어 있는 파울로를 목격하고 다소 질린 표정을 지었던 걸 나는 알고 있었다.

"이, 이 일은 비밀로 부탁해요?"

록시는 울상을 하면서 말했다.

그녀는 덜렁이다.

곧잘 실수로 이런 일을 저지른다.

하지만 노력가이기도 하다. 매일 밤늦게까지 내 수업을 위해 예습을 하는 것도 알고 있다.

아직 나이가 어린 탓에 얕보이지 않도록 열심히 위엄을 내려는 것도 알고 있다.

나는 그런 그녀를 좋게 생각했다.

나이 차이가 크지만 않았으면 아내로 삼고 싶을 정도로.

"안심하세요. 아버님에게는 말하지 않을 테니까요."

"우우… 부탁할게요."

가능하다면 비슷한 또래로 만나고 싶었는데.

"우우…."

록시는 반울상을 지었지만, 곧 고개를 설레설레 내젓고 뺨을 짝짝 두들기더니 냉정한 얼굴로 나를 보았다.

"자, 해 보세요. 카라바조는 제가 지키고 있을 테니까."

말은 당장이라도 겁먹고 도망칠 분위기였지만, 록시가 작은 몸으로 꽉 붙들었다.

록시의 작은 몸으로 말을 붙들 수 있을 것 같진 않았지만, 말은 겁먹었으면서도 얌전하게 있었다. 록시는 그 자세 그대로 뭔가 중얼중얼 외우기 시작했다.

그러자 눈앞에서 흙벽이 그녀와 말을 뒤덮었다.

순식간에 흙으로 된 움막집이 생겼다.

흙의 상급 마술 '어스 포트레스'다.

저거라면 비나 벼락을 맞아도 괜찮겠지.

좋아, 해 볼까.

대단한 걸 보여줘서 록시의 간담을 서늘하게 만들자.

어어, 분명히 주문은….

"웅대한 물의 정령이자 하늘에 오른 뇌제의 왕자여!!

내 청을 들어주어 흉포한 은혜로 왜소한 존재에게 힘을 보이라!!

신의 철퇴를 바닥에 내리쳐 위엄을 보이고 대지를 물로 뒤덮으라!!

아아, 비여!! 모든 것을 휩쓸고 모든 것을 쫓아내라!!

'큐므로닌버스' !!"

단번에 말할 수 있었다.

뭉게뭉게 구름이 생겨났다.

그와 동시에 나는 '큐므로닌버스'를 이해했다.

하늘에 구름을 만들어내는 동시에 복잡하게 움직여서 비구름으로 만드는 느낌이었다.

계속 마력을 주입하지 않으면 구름의 움직임이 멎고 곧바로 흩어진다.

'마력은 둘째 치고, 두 손을 한 시간이나 위로 쳐들고 있어야 하는 게 힘드네….'

아니, 잠깐.

마술사는 창의력이 중요하다.

이렇게 기운을 끌어 모으는 포즈를 한 시간이나 계속할 필요는 없지 않나?

그래, 이건 시험이다.

한 시간이나 똑같은 자세로 있는 게 아니라, 구름을 만들었으면 혼합 마술로 그걸 유지하는 거야.

위험했다. 배운 걸 이용해야지.

"어어, 분명히 옛날에 TV에서 봤어. 구름이 생기기까지의 과정은—."

아까 록시가 만든 구름이 아직 남아 있었다.

이렇게 옆으로 돌개바람을 발생시키는 느낌으로 상승기류를 만들려면 아래쪽을 따뜻하게 만들면 되던가.

내친 김에 위쪽도 차갑게 만들어서 상승기류의 속도를 올리고— .

그런 식으로 했다가 절반 가까이 마력을 소비했다.

하지만 이만큼 하면 한 시간은 버티겠지.

나는 만족하고 벼락이 울리는 호우 속에서 록시가 만든 돔 안으로 들어갔다.

록시는 어두운 돔의 구석에서 말 고삐를 잡고 앉아 있었다.

그녀는 나를 보고 고개를 끄덕였다.

"이 돔은 한 시간 정도면 사라질 테니까, 그때까지 그치지 않으면 괜찮습니다."

"예."

"안심하세요. 카라바조는 괜찮습니다."

"예."

"예라고만 하지 말고 한 시간 동안 밖에서 비구름을 제어하세요."

음?

"제어라니요?"

"음? 뭐 이상한 말이라도 했나요?"

"아뇨, 제어가 필요한가요?"

"그야 물론 수성급 마술도 마술이니까 마력을 써서 유지하지 않으면 바람에 쓸려갑니다."

"쓸려가지 않도록 해 놨는데요…?"

"어? 어…?!"

록시는 뭔가 깨달은 것처럼 돔 밖으로 뛰쳐나갔다.

동시에 돔이 후두둑 무너지기 시작했다.

어이어이, 제대로 제어해야지.

말이 생매장 당할 뻔했잖아.

"어차차."

다급히 제어를 이어받고 밖으로 나갔다.

록시는 멍한 얼굴로 하늘을 올려다보고 있었다.

"…그래, 비스듬하게 올라가는 돌개바람이 구름을 밀어올려서…!!"

거기에는 내가 만들어내어 한도까지 키운 적란운이 있었다.

내가 만든 거지만 잘 만들었다.

옛날에 무슨 방송에서 슈퍼셀이 생길 때까지, 라는 것을 과학적으로 검증하였다.

자세한 내용은 잘 기억 못 한다.

분명히 이런 느낌이라는 비전을 가지고 만들었더니 그럴 듯하게 만들어졌다.

"루디, 합격입니다."

"어? 하지만 아직 한 시간 안 됐는데요?"

"필요 없습니다. 저만큼 하면 충분하겠죠. 이걸 없앨 수 있습니까?"

"아, 예. 시간이 좀 걸리겠지만요."

나는 지면 쪽을 광역으로 식히거나 위쪽을 데우거나 해서 아래쪽으로 향하는 기류를 만들고, 마지막으로 바람 마술을 이용해서 어떻게든 구름을 흩어버렸다.

끝날 즈음에는 나와 록시가 흠뻑 젖어 있었다.

"축하합니다. 이걸로 당신은 수성급입니다."

그녀는 물이 뚝뚝 흘러내리는 모습으로 젖은 앞머리를 쓸어 올리며 평소에 보여주지 않는 밝은 미소와 함께 그렇게 선언했다.

생전에 아무것도 할 수 없었던 내가 한 가지를 해냈다.

그렇게 생각한 순간 뱃속에서 뭔가 솟구치는 듯한 기묘한 감각이 있었다.

이 감각은 알고 있었다.

달성감이다.

나는 이 순간, 이 세계에 와서 처음으로 '첫걸음'을 내딛었다고 실감했다.

★　★　★

다음날.

록시는 여행준비를 마치고 2년 전에 왔을 때와 전혀 다름없
는 차림으로 현관에 있었다.

아버지도 어머니도 록시가 왔을 때와 별로 다를 바가 없었
다.

내 키만 자랐다.

"록시, 우리 집에 더 있어도 되는데? 못 가르쳐 준 요리도 많
이 있고…."

"그래. 가정교사가 끝났다고는 하지만 네게는 작년 갈수기에
도 신세를 졌지. 마을 사람들도 환영할 거야."

부모님은 그렇게 말하면서 록시를 붙잡으려고 했다.

내가 모르는 곳에서 록시는 부모님과 친해진 모양이었다.

뭐, 그녀는 오후부터 밤까지 계속 한가했으니까, 매일 뭐든
지 했으면 인맥도 넓어졌겠지.

주인공이 행동하지 않는 한 능력에 변동이 없는 게임의 히로
인과는 다르다.

"아뇨, 고마운 말씀입니다만 이번 일로 제 무력함을 깨달았
습니다. 잠시 동안 세계를 떠돌면서 마술 실력을 닦을 생각입
니다."

아무래도 내게 따라잡힌 것이 쇼크였던 모양이다.

전에 제자에게 따라잡히는 게 싫다고 말했었고.

"그래. 으음, 미안하네. 우리 아들 때문에 자신감을 잃은 모양이라서."

파울로, 그런 말은 롭시 않아.

"아뇨, 오히려 자만심을 바로잡아주신 것을 감사드려야 합니다."

"수성급의 마술을 쓰면서 자만심이라고 할 건 아니잖아."

"그런 걸 쓸 수 없더라도 노력에 따라서 그 이상의 마술을 쓸 수 있다는 사실을 알았습니다."

록시는 쓴웃음을 지으면서 그렇게 말하더니 내 머리에 손을 얹었다.

"루디. 열심히 노력하긴 했지만 저로선 당신을 가르치기에 역부족이었습니다."

"그렇지 않아요. 선생님은 많은 걸 가르쳐 주셨어요."

"그렇게 말해 주니 고맙습니다. …아, 그렇지."

록시는 로브 안쪽으로 손을 넣더니 뭔가 부스럭거리다가 가죽 끈이 달린 펜던트를 꺼냈다.

녹색 광택을 띤 금속으로 만들어졌고 세 개의 창을 엮은 듯한 형태였다.

"졸업 기념입니다. 준비할 시간이 없었으니까 이걸로 이해해 주세요."

"이건?"

"미굴드족의 부적입니다. 까다로운 마족과 만났을 때에 이걸 보여주고 제 이름을 말하면 어느 정도 융통을… 부려줄지도 모릅니다."

"소중히 할게요."

"그럴지도 모른다 정도니까요. 너무 과신해선 안 됩니다."

록시는 마지막에 살짝 미소를 짓고 떠나갔다.

나는 어느 틈에 울고 있었다.

그녀에게는 정말 많은 것을 받았다.

지식, 경험, 기술….

그녀와 만나지 않았으면 나는 지금도 혼자서 마술교본을 한 손에 들고 효율 나쁜 짓을 하고 있었겠지.

그리고 무엇보다도 그녀는 나를 밖으로 데려가 주었다.

밖으로 나갔다.

그것뿐.

그저 그것뿐이다.

록시를 따라 나갔다.

거기에 의미가 있었다.

이 마을에 와서 아직 2년밖에 지나지 않은 록시가.

결코 남들과 잘 지낸다고 여겨지지 않는 록시가.

마족이라서 마을 사람들도 결코 좋은 눈으로 보지 않았을 터인 록시가.

파울로나 제니스가 아니라 록시가 데려가 주었다는 것에 의미가 있었다.

　데리고 나갔다고 해도 그저 마을을 가로질렀을 뿐.
　하지만 밖에 나간다는 행동은 내게 틀림없이 트라우마였다.
　그녀는 그걸 치료해 주었다.
　그저 마을을 가로질렀을 뿐인데.
　내 마음을 맑게 만들어 주었다.
　그녀는 나를 갱생시키는 게 목적이 아니었다.
　하지만 내 안에서 뭔가가 사라진 것도 틀림없었다.
　어제 흠뻑 젖어 돌아온 나는 문을 돌아보고 딱 한 걸음 밖으로 나가보았다.
　바로 거기에는 지면이 있었다.
　단순한 지면이었다.

　떨리지 않았다.
　나는 이제 밖을 다닐 수 있다.

　그녀는 아무도 할 수 없었던 것을 해 주었다.
　생전에 부모님이나 형제도 할 수 없었던 것을.
　그녀는 해 주었다.
　무책임한 말이 아니라 책임 있는 용기를 주었다.
　노리고 한 것은 아니다.
　그건 안다.

자신을 위해 한 것이다.

그것도 안다.

하지만 존경하자.

그 작은 소녀를 존경하자.

그렇게 맹세하고 나는 록시의 뒷모습이 보이지 않게 될 때까지 지켜보았다.

손에는 록시에게 받은 지팡이와 펜던트.

그리고 수많은 지식만이 남았다.

그렇게 생각했더니.

몇 달 전에 훔쳤던 록시의 팬티가 내 방에 있었습니다.

죄송합니다.

제7화 친구

나는 밖에 나가보기로 했다.

모처럼 록시가 밖에 나갈 수 있게 도와주었으니 헛되이 할 순 없었다.

"아버님. 밖에서 놀다 와도 될까요?"

어느 날 식물사전을 한손에 들고 파울로에게 그렇게 물어보았다.

이 또래의 아이란 눈을 떼면 금방 어디론가 사라진다.

근처라고 해도 말없이 나가면 부모도 걱정하리라는 배려였다.

"밖? 놀러? 정원이 아니라?"

"예."

"어, 어어. 물론이지."

간단히 허락해 주었다.

"생각해 보면 너한테는 자유로운 시간을 주지 않았지. 부모의 뜻으로 마술과 검술을 동시에 가르쳤지만, 아이한테는 노는 것도 필요하지."

"좋은 선생님과 만나게 해 주셔서 감사합니다."

엄격한 교육을 좋아하는 아빠라고만 생각했는데, 의외로 유연한 생각도 할 수 있나 보다.

하루 종일 검술을 하라고 할 가능성까지 고려했는데 김이 샜다.

감각파지만 근성론을 가진 건 아닌 모양이다.

"그렇기는 해도 네가 밖에 나간단 말이지. 몸이 약하다고 생각했는데, 시간은 참 금방 지나가는구나."

"몸이 약하다고 생각하셨나요?"

처음 듣는 소리였다. 병을 앓거나 한 적은 없었는데….

"전혀 울지 않았으니까."

"그런가요. 뭐, 지금 건강하면 되지 않나요? 튼튼하고 애교 있는 아들로 자라고 있습니다. 에헤~."

그러면서 뺨을 잡아당겨서 이상한 얼굴을 만들자 파울로는 쓴웃음을 지었다.

"그렇게 어린애답지 않은 부분이 오히려 걱정인데."

"장남이 착실한 게 불만인가요?"

"아니, 불만은 없다만."

"불만이 가득한 얼굴로 '그레이랫 가문의 후계자로서 더 어울리는 인간이 되어라' 라고 말씀하셔도 되는데요?"

"자랑으로 할 말은 아니지만, 아버지가 너 정도 나이였을 때는 여자애들 치마를 들추느라 정신없는 악동이었지."

"치마 들추기요?"

이 세계에도 있나.

하지만 자기 입으로 악동이라고 말하다니.

"그레이랫 가문에 어울리는 사람이 되고 싶다면 여자친구 하나라도 데려와 봐라."

뭐? 우리 집안은 그런 가풍이야?

변경을 지키는 기사에 하급귀족 아니었어?

격식 같은 거 없어? 아니, 결국은 하급이니까 그런 건가?

"알겠습니다. 그럼 들출 치마를 찾아서 마을에 다녀오겠습니다."

"어, 여자애한테는 잘 해 줘라. 그리고 네가 힘이 세고 마술을 쓸 수 있다고 뻐겨선 안 돼. 남자는 뻐기려고 강한 게 아니니까."

오, 지금 좋은 말을 했다.

좋구나, 좋아. 생전의 내 형제에게도 들려주고 싶다.

그래, 힘은 그냥 잘난 척하기만 해선 의미가 없다.

파울로의 말은 지당하다. 나도 그 이해자다.

"알겠습니다, 아버님. 강함이란 여자에게 멋진 모습을 보여
줄 때를 위해 있는 거지요."

"…아니, 그게 아니라."

어라? 그런 흐름의 이야기 아니었어?

이런, 이런, 에헷.

"농담입니다. 약한 자를 지키기 위해 있는 거지요?"

"음, 바로 그렇지."

그런 대화 뒤에 식물사전을 옆구리에 끼고 록시에게 받은 지
팡이를 허리에 차고 출발하려다가 문득 떠오르는 게 있어서 돌
아보았다.

"아, 그렇지, 아버님. 이제부터 종종 외출하리라고 생각하는
데, 나갈 때에는 꼭 집안사람 누구한테 이야기할 테고 검술과
마술 연습은 매일 빼먹지 않고 하겠습니다. 해가 져서 어두워
지기 전에 돌아올 테고, 위험한 곳에는 가지 않겠습니다."

"어… 그래."

만일을 위해 그런 말을 남겼다.

파울로는 왠지 입을 딱 벌린 표정이었다.

사실은 네가 해야 하는 말이잖아?

"그럼 다녀오겠습니다."

"…다녀와라."

이렇게 나는 집을 나섰다.

며칠이 지났다.

밖은 무섭지 않았다. 순조로웠다. 지나가는 사람과 가볍게 인사를 나눌 정도까지 되었다.

사람들은 나를 알고 있었다. 파울로와 제니스의 자식, 록시의 제자로서.

처음 보는 상대에게는 인사와 자기소개, 두 번째 만나는 사람에게는 안녕하세요. 모두가 부드러운 얼굴로 인사를 해 주었다.

이렇게 상쾌한 기분은 오래간만이었다.

절반 이상이 파울로와 록시의 지명도 덕분. 나머지는 모두 록시 덕분이다.

즉 거의 록시 덕분이군.

그녀의 팬티를 소중히 하자.

어디 보자.

밖에 나온 주된 목적은 내 다리로 걸으며 지리를 기억하는 것이었다.

지리만 기억해 두면 갑자기 집에서 쫓겨나도 헤매지 않을 테니까.

동시에 식물들을 조사하고 싶기도 했다.

마침 식물사전도 있고 하니까 먹을 수 있는 것, 먹을 수 없는 것, 약이 되는 것, 독이 되는 것…. 각각을 구별할 수 있도록 해 두는 편이 낫다.

그러면 갑자기 집에서 쫓겨나더라도 굶주릴 일은 없으니까.

록시는 아주 기초정도밖에 가르쳐 주지 않았지만, 이 마을에서는 보리와 야채와 향수 재료를 재배한다고 했다.

향수의 재료, 바티루스 꽃이란 것은 라벤더와 많이 비슷한 식물이었다.

연보라색을 띠었고 먹을 수도 있다나.

그렇게 눈에 띄는 것을 중심으로 나는 눈에 들어온 식물을 하나씩 식물사전과 견주어 보았다.

그렇기는 해도 마을은 그리 넓지도 않았고 대단한 식물이 있는 것도 아니었다.

얼마 안 가 내 행동반경은 넓어져서 숲까지 가게 되었다.

숲에는 식물이 많기 때문이다.

"분명히 숲은 마력이 모이기 쉬우니까 위험하댔지."

마력이 모이기 쉬운 환경은 마물의 발생률이 높다.

마력에 의한 돌연변이로 생겨나는 게 마물이기 때문이다.

왜 숲에 마력이 잘 모이는지는 모르지만.

물론 이 근처는 애초에 마물이 잘 안 나오는데다가 정기적으로 마물 사냥이 이루어져서 비교적 안전하다.

마물 사냥이란 말 그대로의 의미다.

한 달에 한 번씩 기사, 사냥꾼, 자경단 등의 남자들이 모두 모여 숲에 들어가서 마물을 소탕한다는 모양이다.

그렇다고는 해도 숲 안쪽에서 흉악한 마물이 갑자기 출현하는 일도 있다고 한다.

나는 마술을 배워서 다소 싸울 힘을 손에 넣었을지도 모른다.

하지만 애초에 싸움도 제대로 해 본 적 없는 골방지기다.

뻐겨선 안 된다.

실전 경험도 없는데 괜히 잘난 척 나서다간 좋은 꼴 못 본다.

그렇게 죽은 사람을 여럿 보았다… 만화에서 말이다.

애초에 나는 혈기가 많은 편이 아니다. 싸움은 최대한 피하는 편이 제일이라고 생각한다.

마물을 만나거든 도망쳐서 파울로에게 보고하자.

그렇게 하자.

그런 생각을 하면서 좀 높은 언덕을 올라갔다.

언덕 위에는 커다란 나무 한 그루가 서 있었다.

이 근처에서 제일 큰 나무다.

내 발로 걸은 마을의 지리를 확인하려면 높은 곳이 좋다.

내친 김에 이 근처에서 제일 큰 저 나무가 무슨 나무인지 확인할 생각이었다.

바로 그때.

"마족은 마을에 들어오지 마!"

바람을 타고 그런 소리가 들려왔다.

이 말에 안 좋은 기억이 되살아났다.

집 안에 틀어박히는 원인이 되었던 고등학교 생활.

포경이라는 별명이 붙었을 적의 악몽.

내 별명을 부를 때의 목소리와 지금 목소리가 꽤나 비슷했다.

분명히 자기보다 아랫사람을 숫자로 학대할 때의 목소리다.

"저리 가!"

"이거나 먹어!"

"에잇, 하나 더!"

그쪽을 보니 지난 번 비로 진흙탕이 되어 있는 밭.

그 안에서 온몸이 진흙투성이인 아이 세 명이 길을 가는 한 소년에게 진흙을 던지고 있었다.

"머리에 맞으면 10점이야!"

"에잇!"

"나 맞혔어! 맞혔다고!"

우와. 싫다, 싫어. 괴롭힘의 현장이었다. 저런 녀석들은 상대가 약하면 뭘 해도 좋다고 생각하지. 에어건을 사면 그 녀석을 향해 쏴도 된다고 생각한다. 사람을 향해 쏘지 말라고 적혀 있는데도 말이지. 상대를 사람으로 보지 않기 때문이다. 인간으로서 용서할 수 없다.

소년을 보자면 서둘러 거길 떠나면 될 텐데 왜인지 좀처럼 가질 않았다.

잘 보니 품에 바구니 같은 것을 껴안고 있었는데 거기에 진흙이 묻지 않도록 몸을 웅크리고 있었기 때문이었다.

그래서 괴롭히는 아이들의 공격을 피할 수 없었다.

"뭔가 갖고 있다!!"

"마족의 보물인가!!"

"어디서 훔친 거야?!"

"저기 맞히면 100점이야!!"

"보물을 빼앗자!!"

나는 소년 쪽을 향해 뛰었다. 뛰면서 마술로 진흙을 뭉쳤다. 그리고 사정거리에 들어온 순간 전력투구.

"우왓!"

"뭐야?!"

리더격인지 한층 체격이 좋은 녀석의 안면에 명중.

"우왓, 눈에 들어갔어."

"뭐야, 너!!"

"관계없으니까 끼어들지 마!!"

"마족 편을 드는 거야?!"

표적이 순식간에 나로 바뀌었다. 이런 건 어느 세계고 똑같군.

"마족을 편드는 게 아닙니다. 약한 사람을 편드는 겁니다."

나는 의기양양하게 말했지만, 소년들은 자기들이 정의라는 얼굴로 규탄해 왔다.

"잘난 척 하지 마!!"

"너 기사집 애지!!"

"도련님이냐!!"

어라, 신원이 들통났네.

"기사집 애가 이런 곳에 있어도 되냐!!"

"기사가 마족 편을 든다고 이를 거야!!"

"아니, 형들 불러오자!!"

"형!! 이상한 녀석이 있어!!"

아이들이 동료를 불렀다.

하지만 아무도 나타나지 않았다.

하지만 내 다리는 굳었다!

끄으으, 셋이나 있다고 해도 아이들이 소리친 건데 다리가 움츠러들다니 한심하다.

이게 괴롭힘에 골방지기가 된 자의 천성인가….

"시, 시끄러! 셋이나 덤벼들어서 한 명을 공격하다니, 너희들 뭐 하는 짓이야!"

다들 뭐? 라는 표정을 했다.

음, 열 받네.

"너야말로 큰 소리 치지 마, 멍청아!"

열 받기에 진흙덩어리를 하나 더 쏘았다. 빗나갔다.

"이 자식!!"

"저 녀석, 어디에 진흙을 들고 있지?!"

"됐으니까 우리도 던져!!"

세 배로 돌아왔다. 파울로에게 배운 움직임과 마술을 구사해서 화려하게 회피.

"아, 안 맞잖아!!"

"피하지 말라고!!"

후하하, 맞지 않으면 아무렇지도 않다!

세 소년은 한동안 진흙을 계속 던져댔지만, 나에게 맞지 않는다는 걸 알자 갑자기 재미없어졌다는 듯이 손을 멈추었다.

"아아~!! 재미없어!!"

"그만 가자!!"

"기사집 애가 마족이랑 친하게 지낸다고 이를 거야!!"

우리는 진 게 아니니까. 질렸으니까 그만둘 뿐이니까.

그런 어조의 말을 남기고 세 장난꾸러기는 밭 저편으로 가버렸다.

앗싸! 태어나서 처음으로 못된 아이들을 쓰러뜨렸다!

뭐, 자랑할 건 아니지만.

휴우. 그렇기는 해도 역시 싸움은 익숙해지질 않는다. 주먹질이 아니라서 다행이었다.

"너, 괜찮아? 짐은 무사해?"

일단 진흙을 계속 얻어맞던 소년을 돌아보자….

'와아….'

비슷한 나이라고 생각할 수 없을 정도의 미소년이 거기에 있었다.

어린애치고 꽤나 긴 속눈썹과 오뚝한 코에 얇은 입술, 소름 끼칠 정도의 턱 모양. 백자 같은 피부— 거기에 겁먹은 토끼 같은 표정이 어우러져서 뭐라고 할 수 없는 아름다움을 자아내고 있었다.

제길, 파울로가 더 미남이었으면 나도….

아니, 파울로는 잘못 없다. 제니스도 우수하다.

그러니까 이 얼굴은 괜찮다.

생전의 여드름과 피하지방투성이인 얼굴과 비교하면 괜찮다.

충분히 잘생긴 편이다, 응.

"으…응…. 괘, 괜찮아…."

소년은 겁먹은 얼굴로 날 바라보았다.

마치 작은 동물처럼 보호본능을 부추겼다.

쇼타콤 누나가 있었으면 단방에 뿅 갔겠지.

하지만 지금은 달라붙은 진흙 때문에 다 헛일이었다.

옷은 진흙투성이. 얼굴 절반에 진흙이 달라붙었고, 머리칼을 보자면 진흙범벅.

바구니를 지켜낸 것은 기적적이라고 해도 좋았다.

어쩔 수 없군.

"잠깐 거기에 짐 내려놔 봐. 저쪽 수로 앞에 무릎 꿇고."

"어…? 어…?"

소년은 눈을 껌뻑거리면서도 왜인지 시키는 대로 따랐다.

남의 말을 잘 거스르지 않는 아이인 모양이다.

뭐, 거스르는 아이였으면 아까 그 괴롭힘에도 반격했겠지.

소년은 엎드려서 수로를 바라보는 듯한 자세를 하였다.

쇼타콤 형이 있었으면 단방에 쿵 하고 넘어갔겠지.

"눈 감아봐."

나는 물의 온도를 불 마술로 적당하게 조절했다.

너무 뜨겁지도 차갑지도 않게, 40도 정도의 온수를 만들었다.

그걸 소년의 머리에 쏟아부었다.

"우왓!!"

놀라서 도망치려는 소년의 목덜미를 붙들고 진흙을 깨끗하게 씻겨 주었다.

처음에는 반항했지만 물 온도에 익숙해지자 또 얌전해졌다.

옷은… 집에서 빠는 편이 낫겠지.

"좋아, 이 정도면 됐을까?"

진흙이 떨어졌으니 나는 불의 마술로 바람을 적당히 조정해서 드라이어처럼 온풍을 만들면서 손수건으로 소년의 얼굴을 꼼꼼히 닦아 주었다.

그러자 엘프처럼 뾰족한 귀와 햇살에 빛나는 아름다운 에메랄드그린색 머리칼이 드러났다.

그 색을 본 순간 록시의 말이 떠올랐다.

'에메랄드그린색 머리칼을 가진 종족에게는 절대 가까이 가면 안 됩니다.'

응?

아니, 조금 다르잖아.

분명히….

'에메랄드그린색 머리칼을 가졌고 이마에 붉은 보석 같은 것이 박힌 종족에게는 절대 가까이 가면 안 됩니다.'

그래. 분명히 그렇게 말했다.

이마에 붉은 보석 같은 것이 박힌 종족이라고.

소년의 이마를 보니 새하얗고 깨끗한 이마.

오케이, 세이프.

그는 위험한 스펠드족이 아니다.

"고, 고마워…."

감사의 말에 퍼뜩 정신이 들었다.

으으, 사람 쫄게 만들고 있어.

화풀이로 조금 잘난 듯이 충고를 시작했다.

"너 말이지. 저런 놈들한테는 조금 갚아주지 않으면 기어올라."

"못 이겨…."

"저항하는 의사가 중요해."

"하지만 평소에는 더 큰 애도 있어…. 아픈 건 싫어…."

과연.

저항하면 친구를 더 불러와서 철저하게 괴롭히는 건가.

이런 건 어느 세계고 똑같군.

록시가 노력한 덕분에 어른들은 마족을 받아들이게 된 무양이지만, 어린애 쪽은 그렇게도 안 되나.

어린애란 잔혹하다.

조금 다르기만 해도 배척하려 든다.

"너도 고생이다. 머리색깔이 스펠드족하고 비슷하다는 것만으로 괴롭힘당하고."

"너, 너는, 괜찮아…?"

"선생님이 마족이었으니까. 너는 어떤 종족이야?"

록시가 속한 미굴드족은 스펠드족과 가깝다고 들었다.

어쩌면 그도 그런 종족일지 모른다.

그렇게 생각했지만 소년은 고개를 내저었다.

"…몰라."

모르는 건가.

이 나이라면 그런가?

"아빠 종족은?"

"…절반 정도는 엘프. 나머지 절반은 인간이래."

"엄마는?"

"인간이지만 조금 수인족이 섞였다고…."

하프엘프와 수인의 쿼터?

그래서 머리카락이 이런가…?

그렇게 생각했더니 소년은 두 눈에 눈물을 글썽였다.

"…그러니까 마족이 아니라고…. 아빠가 그러지만… 머리카락이, 아빠랑도, 엄마랑도, 다르고…."

훌쩍이며 울기 시작한 소년의 머리를 천천히 쓸어주었다.

하지만 머리카락 색깔이 다르다는 건 큰 문제군.

엄마가 바람을 피웠을 가능성이 있다.

"머리카락 색깔만 달라?"

"…귀도 아빠보다 길어…."

"그래…."

귀가 길고 머리카락이 녹색인 마족… 어딘가에는 있을 것 같군.

으음, 남의 가정사에 그렇게 파고들고 싶진 않지만, 나도 과거에 괴롭힘당했던 적이 있어서 그런지 어떻게든 해 주고 싶었다. 머리카락 색깔이 녹색이라는 이유만으로 괴롭힘당하는 것도 불쌍하고.

내가 괴롭힘당했던 것은 스스로가 잘못한 부분도 있었다.

하지만 이 소년은 아니겠지. 선천적인 부분을 자기 노력으로 어떻게 할 수는 없다.

태어났을 때부터 머리카락 색깔이 조금 녹색이란 것만으로 길가에서 진흙을 얻어맞는다….

우우… 생각만 해도 눈물이 나올 것 같다.

"아빠는 잘해 주셔?"

"…응. 화나면 무섭지만, 이유 없이 화내진 않아."

"그래. 엄마는?"

"착해."

음. 목소리를 듣기로는 아버지도 어머니도 애정을 제대로 주는 모양이다.

아니, 실제로 보지 않으면 모르지만.

"좋아, 그럼 갈까?"

"…어, 어디로?"

"널 따라갈게."

어린애를 따라가면 부모가 나타난다. 자연의 섭리다.

"…왜, 왜 따라와?"

"아니, 아까 그 녀석들이 돌아올지도 모르니까 데려다줄게. 집에 갈 거지? 아니면 그걸 어디에 가져다주는 거야?"

"도시락… 아빠한테, 주러…."

아빠는 하프엘프였던가.

이야기에 나오는 엘프라고 하면 장수하고 폐쇄적인 삶을 살며 교만한 성격이라 다른 종족을 하대한다. 활과 마법에 능하고 물과 바람 마법을 특기로 삼는다. 그 외에는 귀가 길다는 정도다.

록시의 이야기를 따르면 '그거면 대충 맞지만 딱히 폐쇄적은 아니다' 라는 모양이다.

역시 이 세계의 엘프도 미남미녀가 많을까. 아니, 엘프에 미남미녀가 많은 건 일본인이 멋대로 만들어낸 믿음이다. 서양 게임에 나오는 엘프는 과도하게 뾰족한 얼굴을 하여서 미남미녀로 보이지 않았다. 일본인 오타쿠와 일반 외국인의 감성 차이일까.

물론 이 소년의 부모님이 미남미녀의 콤비라는 건 확정이겠지만.

"저기…. 왜 지켜 줬어?"

소년은 보호본능을 자극하는 몸짓으로 조심조심 물었다.

"약한 자를 편들라고 아버님이 그러셨거든."

"하지만… 다른 애들이, 따돌릴지도….”

그렇겠지.

괴롭힘당하는 애를 도와줬다가 괴롭힘당하게 되었다— 흔히 있는 이야기다.

"그때는 네가 놀아줘. 오늘부터 우린 친구."

"어?!"

그러니까 둘이서 무리를 만든다.

괴롭힘의 연쇄는 도움받은 쪽이 배신하는 것에서 시작된다. 도움받은 쪽이 책임을 가지고 도와준 은혜를 갚는다. 물론 소년의 경우는 괴롭힘의 원인이 더 뿌리 깊은 부분에 있으니 배신하고 괴롭히는 편에 설 것 같지 않지만.

"아, 집안일로 바빠?"

"아, 아니."

저쪽의 사정도 듣지 않았구나 싶었는데, 힘없는 얼굴로 설레설레 고개를 내저었다.

좋구나, 그 표정. 쇼타콤 누나가 있었으면 단방에 휙휙 낚이겠지.

흠, 이건 좋을지도 모르겠어.

이 얼굴이라면 장래 여자에게 인기 있겠지. 그리고 데리고 다니면 내게도 국물이 떨어질지 모른다. 내 얼굴은 대단한 레벨이 아니지만, 남자 둘이 나란히 있을 때 한쪽의 레벨이 높으면 다른쪽도 나름대로 괜찮게 보이는 법이다.

스스로에게 자신감이 없는 아이는 분명 나를 노리겠지.

자신만만하게 세게 어택하는 쪽보다 살짝 자신 없는 느낌이 내 취향이다.

그래, 미소녀가 옆에 돼지를 놔둬서 자기를 돋보이게 만든다. 그 반대로 하는 거야.

"그러고 보면 이름을 안 물어봤네. 나는 루데우스."

"실…프——."

작은 목소리로 기어들어가듯이 말했기에 뒷부분을 제대로 알아들을 수 없었지만, 실프인가.

"좋은 이름이잖아. 마치 바람의 정령 같아."

그렇게 말하자 실프는 얼굴을 붉히면서 고개를 끄덕였다.

실프의 아버지는 미남이었다.

뾰족한 귀에 빛나는 듯한 금발, 마른 몸이지만 근육이 없는 건 아니었다. 하프엘프의 이름에 부끄럽지 않게 엘프와 인간의 좋은 점만 모은 듯한 남자였다.

그는 숲 옆에 있는 망루에서 활을 한손에 들고 숲을 감시하고 있었다.

"아빠, 이거 도시락…."

"오, 항상 미안하구나, 루피. 오늘은 괴롭힘당하지 않았니?"

"괜찮아. 도움을 받았어."

소개하는 시선에 나는 가볍게 인사를 하였다.

루피라는 건 애칭인가. 손이 늘어날 것 같은 느낌이군.

실프도 그만큼 느긋하고 방약무인이면 괴롭힘당할 일도 없을 텐데.

"안녕하세요, 루데우스 그레이랫입니다."

"그레이랫…. 혹시 파울로 씨 댁의?"

"예. 파울로는 제 아버지입니다."

"오, 이야기로는 들었는데 예의바른 아이구나. 어차, 이런, 나는 롤즈다. 평소에는 숲에서 사냥을 하지."

이야기를 들어보니 여기는 숲에서 마물이 나오지 않도록 감시하는 망루로, 24시간 체제로 마을 남자들이 돌아가면서 감시한다는 모양이다. 당연하지만 파울로도 당번제로 여기를 감시하고, 롤즈는 그렇게 파울로와 알게 되어서 서로의 자식 이야기로 이런저런 이야기를 주고받았다나.

"우리 애는 생긴 건 이렇지만, 조상님의 모습을 좀 많이 물려받았을 뿐이야. 친하게 지내다오."

"물론입니다. 가령 실프가 스펠드족이라고 해도 저는 태도를 바꾸지 않아요. 아버님의 명예를 걸고요."

그렇게 말하자 롤즈는 감탄스러운 듯이 말했다.

"그 나이에 명예라니…. 참 똑똑하구나. 파울로 씨가 부러워."

"어렸을 적에 우수했던 아이가 어른이 되어도 우수하다고 할 순 없지요. 부러워하는 건 실프가 어른이 된 뒤라도 늦지 않아요."

실프를 변호해 주기도 했다.

"과연…. 파울로 씨의 말이 맞군."

"…아버님이 뭐라고 하셨는데요?"

"너랑 이야기하고 있으면 부모로서 자신감이 없어진다더군."

"그런가요. 그럼 앞으로는 조금 더 장난도 치고 설교를 듣도록 하겠습니다."

그런 이야기를 하는데 누가 옷자락을 잡아당겼다. 돌아보니 실프가 고개 숙인 채로 내 옷자락을 잡아당기고 있었다. 어른들의 이야기는 애들한테 재미없나.

"롤즈 아저씨, 둘이서 좀 놀다 와도 될까요?"

"그래, 물론이지. 다만 숲 근처에는 가지 마라."

그거야 말할 것도 없지만….

조금 부족하지 않나?

"여기에 오는 도중에 큰 나무가 있는 언덕이 있었는데, 그 근처에서 놀고 있을게요. 어두워지기 전에 책임 지고 실프를 보내겠습니다. 돌아가시는 길에 언덕을 한 번 봐 주세요. 집에도 돌아오지 않았으면 무슨 사건에 휘말려들었을 가능성이 크니까 수색을 부탁드릴게요.”

“어…어어.”

휴대전화가 없는 세계다. 보고, 연락, 상담은 확실히 하는 게 중요하다.

트러블을 모두 피할 수는 없다. 곧바로 손을 쓰는 게 중요하다.

이 나라는 꽤 치안이 좋은 모양이지만, 어디에 위험이 숨어 있을지 알 수 없지.

멍한 기색의 롤즈 아저씨를 무시하고 우리는 언덕의 나무로 돌아갔다.

“자, 뭐 하고 놀까?”

“몰라…. 치, 친구랑, 놀아 본 적 없으니까….”

친구란 말에서 실프는 살짝 주저했다. 분명 여태까지 친구가 없었겠지.

불쌍하게도…. 아니, 나도 없었지만.

“응. 근데 나도 최근까지 집 안에만 있었어. 무슨 놀이를 하는 게 좋을까?”

실프는 머뭇머뭇 손을 모으면서 조심스럽게 이쪽을 올려다보았다.

키는 비슷하지만 등을 굽힌 탓에 나를 올려다보게 되었다.

“저기, 왜, 나라고 했다, 저라고 했다, 해?”

“어? 아, 상대에 따라서 바꾸지 않으면 실례니까. 윗사람한 테는 경어야.”

"경어?"

"아까 내가 썼던 말."

"흐응?"

이해가 잘 안 간 모양이지만, 누구든 조만간 알게 될 일이다. 그게 어른이 된다는 거야.

"그보다도, 아까, 그거, 가르쳐 줘."

"아까 그거?"

실프는 눈을 반짝반짝 빛내면서 손짓발짓으로 설명했다.

"손에서 따뜻한 물이 쏴아 하고 나오는 거랑, 따뜻한 바람이 화악 하고 나오는 거."

"아, 그거 말이지."

진흙을 씻겨 주었을 때 썼던 마법 말이다.

"어려워?"

"어렵지만, 연습하면 누구든 할 수 있어…. 아마도."

최근에는 마력량이 크게 늘어서 얼마나 마력을 소비하는지 모르고, 애초에 이쪽 사람들의 마력량이 기본적으로 어느 정도 되는지도 모른다.

그렇다고는 해도 물을 불로 데웠을 뿐. 주문 없이 느닷없이 뜨거운 물이 나오는 정도에는 이르지 못했지만, 혼합 마술로 사용하면 누구든지 재현할 수 있다. 그러니까 아마 괜찮을 거다, 아마도.

"좋아. 그럼 오늘부터 훈련이다!!"

이런 느낌으로 나는 해가 저물 때까지 실프와 놀았다.

★　　★　　★

집에 돌아가자 파울로가 화난 모습이었다.

나 화났습니다, 라는 느낌으로 허리에 손을 대고 현관 앞에 버티고 있었다.

으음, 내가 뭔가 저지른 걸까. 그럴 만한 거라곤 소중히 보관하던 팬티를 들켰을 가능성 정도인데….

"아버님, 지금 다녀왔습니다."

"왜 내가 화내는지 알겠냐?"

"모르겠습니다."

일단은 시치미를 뗐다. 혹시 팬티를 들키지 않았을 경우는 긁어부스럼이 될 수 있으니까.

"아까 에트 아주머니가 왔다 갔다. 너 에트네 소마르를 때렸다고 하던데?"

에트? 소마르? 그게 누구지?

귀에 선 이름이 나와서 나는 생각했다.

기본적으로 나는 마을에서 사람들과 인사 정도밖에 하지 않았다.

이름을 말하면 저쪽도 이름을 말해 주지만, 그중에서 에트라는 이름이 있었던 것 같기도 하고 없었던 것 같기도 하고….

아, 잠깐.

"오늘 이야기입니까?"

"그래."

오늘 만난 건 실프와 롤즈, 그리고 세 명의 장난꾸러기뿐이다.

그렇다면 소마르란 건 세 명의 장난꾸러기 중 하나인가.

"때리진 않았습니다. 진흙을 던졌을 뿐입니다."

"저번에 아버지가 말한 걸 기억하냐?"

"남자는 뻐기려고 강한 게 아니다?"

"그래."

아하.

과연, 그러고 보면 갈 때 마족과 친하게 지내는 걸 일러바치겠다고 그랬다.

무슨 거짓말을 해서 때린 게 된 건지는 모르지만, 아무튼 나에 대해 안 좋은 소리를 한 걸까.

"아버님이 무슨 이야기를 들으셨는지는 모르지만…."

"그게 아냐!! 잘못을 했으면 일단 사과부터 해야지!!"

심한 소릴 들었다.

무슨 이야기를 들은 건지는 모르지만, 곧이곧대로 믿는 모양이었다.

큰일이군. 이런 상황이면 실프가 괴롭힘당한 것을 도와줬다고 해도 거짓말 같이 들린다.

그렇다면 처음부터 일일이 설명할 수밖에 없나.

"사실은 길을 걷는데…."

"변명하지 마라!"

슬슬 짜증이 나기 시작했다. 거짓말 이전에 내 변명을 들어 줄 마음조차 없는 모양이었다.

아무튼 잘못했다고 말하면 좋겠지만, 그건 파울로를 위해서도 좋지 않을 듯했다.

언젠가 생겨날 남동생이나 여동생에게 안 좋은 기억을 심어 주고 싶지 않았다.

이런 식으로 야단쳐선 안 된다.

"……"

"뭐냐. 왜 아무 말도 없어?"

"입을 열면 변명하지 말라고 하실 거니까요."

"뭐?!"

파울로의 눈꼬리가 곤두섰다.

"어린애가 뭐라고 하기 전에 고함을 질러서 사과하게 한다. 어른의 방식은 참 간단하고 쉬워서 부럽네요."

"루디!!"

철썩 하고 뺨에 뜨거운 충격이 일었다.

맞았다.

하지만 예측하고 있었다. 도발하면 맞는다. 당연하다.

그러니까 다리에 힘을 주고 버텼다. 맞는 게 20년 만인가…….

아니, 집을 나올 때 엄청 맞았으니까 5년 만인가.

"아버님. 저는 지금까지 가능한 한 착한 아이로 있으려고 노력해 왔습니다. 아버님이나 어머님의 말씀에 등을 돌린 적은 한 번도 없었고, 시키시는 것에는 전력으로 달라붙었다고 생각합니다."

"그, 그건 관계없잖아."

파울로도 때릴 생각은 없었던 모양이나.

눈에 보이게 당황하고 있었다.

뭐, 좋아. 마침 잘 되었군.

"아뇨, 있습니다. 저는 아버님이 안심하실 수 있도록, 신뢰하실 수 있도록 노력해 왔습니다. 아버님은 그런 저의 변명을 일체 듣지 않고, 제가 모르는 상대의 말을 곧이곧대로 믿으며 고함을 지른 끝에 손찌검까지 하셨습니다."

"하지만 소마르는 분명히 다쳐서…."

다쳐?

그건 모르겠네. 자기가 상처를 냈나?

그렇다면 무슨 자해공갈단 같은 짓이군….

하지만 아쉽군. 내게는 대의명분이 있다.

다쳤다든가 하는 수상쩍은 거짓말이 아니라.

"가령 그게 저 때문에 다친 거라고 해도 제가 사과할 이유는 없습니다. 저는 아버님의 말씀에 등을 돌리지 않았고, 가슴을 펴고 제가 했다고 말하겠습니다."

"…잠깐만, 무슨 일이 있었지?"

어차, 궁금해지기 시작했나? 하지만 안 듣겠다고 한 건 너거든.

"변명은 듣기 싫다고 하지 않으셨습니까?"

그렇게 말하자 파울로는 씁쓸한 얼굴을 했다. 조금 더해 볼까.

"안심하세요, 아버님. 다음부터는 셋이서 무저항인 상대 한 명을 공격하는 걸 봐도 무시하겠습니다. 뭣하면 4대1이 되도록 거들겠습니다. 약한 자에게 다가가서 괴롭히는 것이 그레이랫 가문의 긍지이며 가훈이라고 주위에 선전하겠습니다. 그리고 자라거든 집을 나가서 두 번 다시 그레이랫이란 이름을 쓰지 않겠습니다. 실제 폭력을 무시하고 언어의 폭력을 허용하는, 그런 쓰레기 집안의 사람이라고 하는 건 부끄러우니까요."

파울로는 경악하였다.

얼굴이 붉으락푸르락하는 모습에서 갈등이 엿보였다.

화내려나. 아니면 한 마디 더해 볼까?

그만두는 편이 나아, 파울로. 나는 이래 보여도 20년 이상 이길 수 없는 말싸움을 계속 도망쳐 온 남자. 딱 하나라도 돌파구가 있으면 최소한 무승부로 가져갈 수 있다.

하물며 이번에는 완전한 정의.

네게 승산은 없어.

"…미안했다. 아버지가 잘못했다. 말해다오."

파울로가 고개를 숙였다.

그래. 괜한 고집을 피우면 서로 불행해질 뿐이야.

잘못했으면 사과한다. 그게 제일이야.

나도 속이 시원해져서 가능한 한 자세하게 객관적으로 이야기했다.

언덕 위에 올라가려는데 목소리가 들렸다. 아이 셋이서 길을 가는 아이 하나를 향해 밭 한가운데에서 진흙을 던져대고 있었다. 진흙을 한두 방 던지고 꾸짖었더니 그들은 투덜대면서 어딘가로 가 버렸다. 진흙을 맞던 아이를 마술로 씻겨 주고 같이 놀았다.

이런 느낌으로.

"그러니까 사과한다면 그 소마르인가 하는 애가 실프한테 사과하는 게 먼저입니다. 몸의 상처는 쉽게 낫지만, 마음의 상처는 쉽게 낫지 않으니까요."

"…그렇군. 아버지가 착각했다. 미안하구나."

파울로는 풀 죽어서 어깨를 늘어뜨렸다.

그걸 보고 나는 낮에 롤즈 아저씨한테 들은 이야기를 떠올렸다.

'너랑 이야기하고 있으면 부모로서 자신감이 없어진다더군.'

어쩌면 파울로는 꾸짖는 것으로 아버지다운 부분을 보여주고 싶었던 걸지도 모른다.

뭐, 이번에는 실패한 모양이지만.

"사과하실 필요 없습니다. 앞으로도 제가 잘못했다고 생각하시면 사정없이 꾸짖어 주세요. 다만 변명도 들어 주시면 고맙겠습니다. 말이 부족하다거나 변명으로밖에 들리지 않을 때도 있겠지만, 하고 싶은 말은 있을 테니 들어 주시면 감사하겠습니다."

"그래, 조심하마. 물론 네가 잘못을 저지를 일은 없겠지만…."

"그러면 조만간 생겨날 제 동생을 꾸짖을 때의 교훈으로 삼아 주세요."

"…그렇게 하마."

파울로는 완전히 기죽은 눈치로 자조하듯이 말했다.

말이 지나쳤을까. 다섯 살짜리 애한테 말에서 졌다. 응, 나라도 풀죽겠지.

이 사람도 아버지로서는 아직 젊구나.

"그러고 보면 아버님은 지금 나이가 어떻게 되시나요?"

"응? 스물넷인데?"

"그렇습니까."

열아홉 살에 결혼해서 나를 만들었나.

이 세계의 평균 결혼 연령이 몇 살 정도인지는 모르겠지만, 마물이나 전쟁 같은 것이 일상적으로 일어나는 모양이니 결혼 연령으로는 타당한 선일까.

나보다 열두 살은 더 어린 남자가 결혼해서 자식을 낳고 기르느라 고민한다. 그것만으로도 34세 주소 불명 무직에 경력도 없던 내가 이길 부분은 없는 것 같지만….

뭐, 됐어.

"아버님, 다음에 실프를 집에 데려와도 될까요?"

"어? 그래, 물론이지."

나는 그 대답에 만족하고 아버지와 함께 집 안으로 들어갔다.

파울로가 마족에게 편견을 갖지 않아서 다행이라고 생각했다.

★　파울로 시점　★

아들이 화냈다.

여태까지 별로 감정다운 감정을 보이지 않았던 아들이 조용히 격노했다.

왜 이렇게 되었을까.

일의 시작은 오후 무렵, 에트 부인이 무시무시한 얼굴로 우리 집에 나타나서 소리를 친 것부터였다.

근처에서 개구쟁이라는 평판인 아들 소마르를 데려왔는데, 소마르의 눈두덩이에는 파란 멍이 들어 있었다. 검사로서 나름대로 수라장을 헤쳐 나온 나는 그게 맞아서 생긴 것이란 걸 알 수 있었다.

부인의 이야기는 알아듣기 어려웠지만, 요약하자면 우리 집 아들이 소마르를 때렸다는 모양이다.

그 말을 듣고 나는 속으로 안도했다.

아마도 밖에서 놀다가 소마르와 아이들이 노는 걸 보고 같이 좀 끼워달라고 했겠지.

하지만 우리 집 아들은 다른 아이들과 다르다. 그 나이에 수성급 마술사다.

분명 잘난 듯이 말하다가 반발을 사서 싸움이 났겠지.

아들은 왠지 아주 똑똑하고 어른스럽지만 어린애다운 면도 있다.

에트 부인은 붉으락푸르락하는 얼굴로 큰일인 양 떠들었지만, 결국은 어린애들의 싸움이다. 언뜻 보기론 다친 곳도 흉터가 남지 않아 보였다.

내가 야단치는 걸로 끝난다.

어린애라면 주먹질 싸움 정도야 한두 번 하는 법이지만, 루데우스는 다른 아이들보다 큰 힘을 가졌다. 어린 나이에 수성급 마술사가 된 록시의 제자이며, 세 살 때부터 내 지도로 훈련을 받아온 몸이다.

분명 싸움도 일방적이었겠지.

이번에는 괜찮았던 모양이지만, 머리에 피가 몰려서 화를 내다간 지나친 일이 생길지도 모른다.

머리 좋은 루데우스라면 소마르를 때리지 않고 넘어가는 방법도 있었을 테지.

주먹질이 얼마나 성격 급한 짓이며, 더 생각해야만 하는 짓인지 가르쳐 줄 필요가 있다.

조금 따끔하게 야단쳐야지.

그렇게 생각했는데 왜 이렇게 되었을까….

아들은 전혀 사과할 생각이 없는 듯했다.

뿐만 아니라 벌레라도 보는 눈으로 날 바라보았다.

분명히 아들로서는 대등한 입장으로 싸웠다고 생각할지도 모르지만, 힘이 있는 사람은 그 힘을 자각해야만 한다.

하물며 남을 다치게 했다. 일단 사과를 시키지. 지금은 납득하지 않을지도 모르지만, 똑똑한 아들이니 분명히 스스로 해답에 도달해 주겠지.

그렇게 생각하며 거센 어조로 말하려고 했더니 비아냥거리는 야유가 돌아왔다.

나는 그 말에 그만 울컥해서 손찌검을 하였다.

힘이 있는 자는 그 힘을 자각하고 자기보다 약한 자에게 경솔하게 폭력을 휘두르지 마라, 그렇게 설교하려고 했는데.

나는 때려 버렸다.

이건 내가 잘못했다고 생각했지만, 설교하는 입장으로서는 말할 수도 없었다.

지금 내가 한 행동을 하지 말라고 해도 설득력이 없었다. 어째야 하나 주저하는데 아들은 빙 둘러서 자기는 잘못하지 않았다고 말하더니, 그게 문제라면 집을 나가겠다고까지 말했다.

가는 말이 고와야 오는 말이 곱다고, 그냥 나가 버리라고 하려다가 꾹 참았다.

여기선 참아야만 했다.

애초에 나 자신도 답답한 집안에서 엄격한 아버지가 덮어놓고 꾸짖어대는 것에 염증이 나서 싸운 끝에 집을 뛰쳐나왔다.

나는 아버지의 피를 이었다. 완고하고 융통성 없는 아버지의 피를 이었다.

그리고 루데우스도.

이 완고한 면을 봐라. 루데우스도 내 아들이다.

나는 그 날 '지금 당장 나가 버려' 라는 말에 그대로 집을 뛰쳐나왔다. 루데우스도 나가겠지. 어른이 되면 나가겠다고 말했지만, 지금 당장 나가라고 한다면 당장 나가겠지. 그런 면이 있다.

아버지는 내가 여행을 떠난 뒤 얼마 지나지 않아 병으로 쓰러져서 세상을 뜨셨다고 들었다. 들리는 소문으로는 마지막 순간까지 그 날 싸운 것을 후회하셨다고 했다.

그 점에서는 나한테도 잘못이 있다.

아니, 분명히 말하자. 후회하고 있다.

거기에 견주어 생각하니 여기서 루데우스에게 나가라고 말했다가 진짜로 나가기라도 하면 틀림없이 후회하겠지.

나는 물론 루데우스도 후회한다.

참자. 경험에서 배우지 않았나.

게다가 자식이 태어날 때 결심하지 않았나. 아버지처럼은 되지 않겠다고.

"…미안했다. 아버지가 잘못했다. 말해다오."

사죄는 자연스럽게 입에서 나왔다.

그러자 루데우스는 표정을 풀더니 담담하게 설명해 주었다.

듣자하니 롤즈네 아이가 괴롭힘당하는 현장을 지나다가 도와주었다고 했다.

때리기커녕 진흙덩이를 던졌을 뿐이지, 싸움도 아니었다고 했다.

그 이야기가 사실이라면 루데우스는 가슴을 펴고 자랑할 만한 일을 하였다. 그런데 칭찬은커녕 변명을 제대로 할 기회도 없이 꾸지람을 들었다.

아아, 떠오른다.

내가 어렸을 적에도 그런 일이 몇 번이나 있었다. 아버지는 일체 내 이야기를 듣지 않고 내 부족한 부분만 책망하였다. 그때마다 마음만 답답해졌다.

실수했다. 이러고서 무슨 설교인가.

하아….

루데우스는 그런 나를 탓하는 일 없이 마지막에 위로까지 해주었다. 되바라진 아들이다. 지나칠 정도다. 정말로 내 아들일까. …아니, 제니스가 바람피울 만한 상대 중에서 저렇게 우수한 아이의 아버지는 없다. 우우, 내 씨가 이렇게 우수했다니….

자랑스럽다기보다도 위장이 아프다.

"아버님, 다음에 실프를 집에 데려와도 될까요?"

"어? 그래, 물론이지."

하지만 지금은 아들에게 첫 친구가 생긴 것을 기쁘게 생각하자.

제8화 둔감

여섯 살이 되었다.

생활은 그리 변하지 않았다.

오전 중에는 검술 단련. 오후에는 짬이 생기면 필드워크와 언덕의 나무 밑에서 마술 연습.

최근에는 마술을 써서 검술에 보조적인 역할을 할 수 없을지 여러모로 시험했다.

바람을 이용하여 검의 속도를 올린다든가, 충격파를 일으켜서 내 몸을 급반전시킨다든가, 상대의 발밑에 진흙탕을 만들어서 발을 묶는다든가….

그런 자잘한 기술만 생각하니까 검술 쪽이 성장하지 않는다고 생각하는 사람도 있겠지.

하지만 나는 그렇게 생각하지 않았다.

격투 게임에서 강해지는 방법은 두 종류다.

첫째, 상대보다 약한 능력으로 이길 방법을 생각한다.

둘째, 자신의 능력을 높이기 위해 연습한다.

지금 현재 내가 생각하는 건 전자다.

과제로서는 파울로에게 이기는 것.

파울로는 강하다. 아버지로서는 아직 부족하지만, 검사로서는 일류다.

후자만을 중시하여 무식하게 몸을 단련하면 분명히 언젠가는 강해지겠지.

나는 여섯 살이다. 10년 지나면 열여섯, 반대로 파울로는 서른다섯.

또 5년이 지나면 스물하나, 반대로 파울로는 마흔.

언젠가는 이길 수 있겠지만, 그래선 의미가 없다.

나이든 상대에게 이겨 봤자 '아니, 현역일 때는 날이지' 라는 변명이 돌아올 뿐이다.

한창일 시기에 쓰러뜨려야 의미가 있다.

파울로는 현재 25세.

제일선에선 물러난 모양이지만, 육체적으로는 제일 좋을 시기다. 앞으로 5년 이내에 한 번 정도는 이기고 싶었다.

가능하면 검술로. 하지만 그건 무리일 것 같으니까 마술을 섞은 접근전으로.

그렇게 생각하면서 나는 오늘도 머릿속으로 파울로를 상대로 이미지트레이닝을 했다.

언덕 위의 나무 아래에 있으면 높은 확률로 실프가 찾아온다.

"미안, 기다렸어?"

"아니, 방금 왔어."

약속 장소에서 기다리는 커플 같은 이야기를 주고받고 놀기 시작했다.

처음에는 놀고 있으면 예전의 소마르랑 다른 개구쟁이들이 나타났다. 중간부터 초등학교 고학년 정도의 아이도 섞였지만 전부 격퇴했다. 그때마다 소마르네 어머니가 우리 집에 따지러 왔다.

그렇게 해서 안 건데, 소마르네 어머니는 아이 운운하기보다 아무래도 파울로가 마음에 든 모양이었다. 아이들 싸움을 핑계 삼아 만나러 왔다는 거다. 참 웃기는 소리지.

긁힌 상처 하나로 우리 집까지 끌려오는 소마르도 이젠 지겨운 눈치였다. 그는 자해공갈단 같은 게 아니었다. 의심해서 미안.

습격이 있었던 건 다섯 번 정도일까.

어느 날을 경계로 전혀 오지 않게 되었다. 가끔씩 다른 데서 노는 모습을 보았고 엇갈릴 때도 있었지만, 서로 말을 거는 일은 없었다.

무시하기로 한 모양이다.

이렇게 그 사건은 일단 해결을 보았고, 언덕 위의 나무는 우리의 영역이 되었다.

자, 개구쟁이들보다 실프 이야기를 하자.

그에게는 놀이라는 이름으로 마술 훈련을 시켰다.

마술을 배우면 개구쟁이들을 혼자서 격퇴할 수 있기 때문이다.

실프는 처음에 초보적인 마술을 대여섯 번 쓰는 것만으로 숨을 헐떡였지만, 1년 동안 마력 총량도 제법 늘어났다. 한나절 정도라면 계속 마술 연습을 해도 문제없게 되었다.

'마력 총량에는 한계가 있다.'

이 말의 신뢰성은 실로 희박했다.

물론 마술 쪽으로는 아직 멀었다.

특히나 그는 불에 약했다. 실프는 바람과 물의 마술을 아주 능하게 다루었지만, 불만큼은 잘 되지 않았다.

왜일까. 엘프의 피가 섞여서일까?

아니다.

록시의 수업에서 배웠다. '잘하는 계통, 못하는 계통'이란 게 있다.

말 그대로 사람에게는 제각기 잘하는 계통과 못하는 계통이 존재한다.

한 번 실프에게 '불이 무서워?'라고 물어본 적이 있었다.

그러자 그는 '아니'라면서 고개를 내저었지만 손바닥을 보여주었다. 거기에는 흉한 화상자국.

세 살 정도일 때 부모가 눈을 뗀 사이에 난로 부지깽이를 쥐었다고 했다.

"하지만 지금은 무섭지 않아."

그는 그렇게 말했지만, 역시 본능적으로 두려운 거겠지.

그런 경험이 못하는 계통에 영향을 미치는 것이다.

예를 들어서 드워프는 물에 약한 경우가 많다.

드워프들은 산 근처에 살기 때문에 어렸을 적부터 흙을 만지 작거리며 놀고, 성장하면서 아버지를 따라서 대장장이 일을 배우거나 광부 일을 하기 때문에 불과 흙 계열에 능한 경우가 많다. 하지만 산에서 활동할 때에 갑자기 온천이 터져서 화상을 입거나 폭우로 홍수가 나서 빠지는 일이 많아서 물 계열에 약하기 쉽다.

그런 느낌으로 직접적으로는 종족과 관계없다.

참고로 나는 못하는 계열이 없다.

편하게 자랐기 때문이다.

딱히 불을 못 쓰더라도 온풍과 온수는 만들 수 있었다.

하지만 개념을 가르치는 게 귀찮았기에 불의 마술도 연습시켰다. 불은 언제라도 쓸 수 있으면 손해 볼 것 없다. 살모넬라균은 익히면 죽는다. 식중독으로 죽고 싶지 않으면 잘 익혀 먹어야지.

물론 초급 해독 마술로 대부분의 독은 중화시킬 수 있지만.

실프는 고전하면서도 불평하지 않고 연습하였다.

자기가 꺼낸 말이기 때문이겠지.

내 지팡이(록시한테 받은 것)와 내 마술교본(집에서 가져온 것)을 손에 들고 고생하는 표정으로 주문을 외우는 실프는 아름다웠다.

남자인 나조차도 그렇게 생각하니까 장래에는 인기 좀 끌겠지.

'질투의 마음은 아버지의 마음…'

어디서 그런 목소리가 들리는 듯해서 나급히 고개를 내저었다.

아니, 질투해도 의미는 없어. 애초에 그런 작전이잖아.

미남 친구 미끼 작전.

실프는 미남, 난 돼지, 여자는 반반씩♪

"저기, 루디. 이거 뭐라고 읽어?"

머릿속으로 노래하는데, 실프가 마술서의 페이지를 가리키면서 조심스럽게 올려다보았다.

그 시선도 강력했다. 무심코 껴안고 키스하고 싶어졌다.

꾹 참았다.

"이건 말이지, '눈사태' 야."

"무슨 의미야?"

"엄청난 양의 눈이 산에 쌓였을 때, 무게에 못 이겨서 무너져 쏟아지는 거야. 겨울에 지붕 위에 눈이 쌓였을 때 가끔씩 쿵 하고 떨어지잖아? 그거보다 더 큰 거."

"그렇구나…. 대단하네. 본 적 있어?"

"눈사태를? 그야 물론… 없지."

TV에서 봤습니다.

실프에게 마술교본을 읽게 했다. 그것은 읽고 쓰기를 가르친다는 것으로도 이어졌다. 글자를 배워놔서 손해 볼 것은 없다.

이 세계의 문맹률이 어느 정도인지는 모르겠지만, 현대 일본처럼 문맹률이 거의 전무한 것은 아니겠지.

이 세계에서 글자를 읽을 수 있게 되는 마술은 없었다.

문맹률이 높으면 높을수록 글을 읽을 수 있다는 것은 유리해진다.

"다 됐다!!"

실프가 환호성을 질렀다. 그쪽을 보니 멋지게 중급 물 마술 '아이스 필라'를 성공시켰다. 지면에서 얼음기둥이 툭 튀어나와서 햇빛을 받아 반짝반짝 빛났다.

"꽤 늘었잖아."

"응!! …하지만 이 책에 루디가 썼던 건 없는데?"

실프가 고개를 갸웃거리면서 물었다.

"응?"

썼던 거라는 말에 뜨거운 물을 말하는 건가 싶었다.

나는 마술교본을 훌훌 넘겨서 두 군데를 손가락으로 짚었다.

"있잖아. 워터 폴이랑 히트 핸드."

"……?"

"동시에 쓰는 거야."

"……??"

그는 고개만 갸웃거렸다.

"어떻게 두 개를 동시에 외워?"

이런. 내 감각으로 이야기하고 있었다. 그래, 입으로 두 개를 동시에 외우기란 무리지….

이래선 파울로를 감각파라고 비웃을 수도 없군.

"으음. 주문을 외우지 않고 워터 폴을 쓰고, 그걸 히트 핸드로 데우는 거야. 한쪽은 주문을 외워도 되겠고, 통에 물을 담아서 나중에 데워도 돼."

무영창으로 동시에 하는 걸 직접 보여주었다.

실프는 눈을 동그랗게 뜨며 지켜보았다. 무영창으로 마술을 쓰는 건 역시 이 세계에서 고등기술에 들어가는 모양이었다. 록시는 불가능했고, 마법대학 교사 중에서도 할 수 있는 사람은 한 명밖에 없었다고 했다.

그러니까 실프도 무영창이 아니라 혼합 마술을 사용하는 쪽으로 가야겠지.

어렵게 하지 않더라도 비슷한 결과를 얻을 수 있으니까 말이다.

"그거 가르쳐 줘."

"그거라니?"

"말없이 하는 거."

실프는 그렇게 생각하지 않았던 모양이다.

그야 두 개의 마술을 교대로 쓰는 것보다 한 방에 하는 편이 괜찮게 보이겠지.

으음…. 뭐, 가르쳐 봐서 무리일 거 같거든 알아서 혼합 마술을 쓰는 쪽으로 가겠지.

"으음, 그래. 그럼 평소에 주문을 외울 때 느끼던, 몸 안에서 마력이 손끝에 모이는 느낌. 그걸 주문 없이 해 봐. 마력이 모였다고 생각되면 사용하려던 마술을 떠올리고 손끝에서 쥐어

짜내는 느낌으로 해 봐. 처음에는 워터 볼부터."

전해졌으려나?

말로 설명하기 어렵군.

실프는 눈을 감고 끙끙 신음하거나 몸을 이리저리 비틀기도
했다.

감각으로 하는 걸 전하기란 어렵다.

무영창은 머릿속으로 하는 것이다. 사람에 따라 편한 방법도
제각기 다르겠지.

처음에는 기초가 중요하다고 생각했고, 실프에게는 1년 동안
계속 주문을 외우게 했다.

역시 주문을 외우면 외울수록 무영창은 어려워지는 걸까. 여
태까지 오른손으로 했던 것을 왼손으로 하는 것과 마찬가지로
이제 와서 바꾸라는 것도 어려울까.

"했어! 해냈어, 루디!!"

그렇게 생각했는데 그렇지도 않은 모양이었다.

실프는 기쁜 듯이 소리치면서 워터 볼을 연발하였다.

주문을 외웠다고 해도 기껏해야 1년. 자전거의 보조바퀴를
떼어내는 정도의 감각으로 해낸 모양이다. 젊음 특유의 감성일
까, 아니면 실프의 재능일까.

"좋아, 그럼 여태까지 배운 마술을 무영창으로 해 봐."

"응!!"

어찌 되었든 무영창으로 할 수 있다면 나도 가르치기 쉽다.

내가 해 온 것을 가르치는 것뿐이니까.

"응?"

그때 뚝뚝 비가 내리기 시작했다.

하늘을 보니 어느 틈에 시커먼 먹구름이 하늘을 뒤덮고 있었다.

잠깐 동안 정적이 있나 싶더니 쏟아질 듯한 비가 내리기 시작했다.

평소에는 하늘의 낌새를 보며 돌아갈 때까지는 내리지 않도록 조정했는데, 오늘은 실프가 무영창으로 마술을 쓸 수 있다는 사실에 방심했나 보다.

"우왓, 엄청 내리네."

"루디. 비를 내리게 할 수 있으면서 그치게는 못 해?"

"할 순 있는데 이미 젖어 버렸고, 작물은 비가 안 오면 안 자라니까. 날씨가 나빠서 고생이라고 하지 않는 한 안 해."

그런 이야기를 하면서 우리는 뛰어서 우리 집으로 돌아갔다.

실프네 집은 머니까.

"다녀왔습니다."

"시, 실례하겠습니다…."

집에 들어가자 메이드 리랴가 커다란 천을 들고 서 있었다.

"어서 오세요, 루데우스 도련님…과 친구 분. 뜨거운 물을 준비해 두었습니다. 감기 걸리기 전에 2층에서 몸을 씻으세요. 금방 주인님과 마님이 돌아오실 테니, 저는 그쪽 준비를 하겠습니다. 혼자서 하실 수 있겠습니까?"

"괜찮아요."

리라는 소나기를 보고 내가 젖어서 돌아오리라고 예측했던 모양이다. 그녀는 말수가 적고 별로 말을 걸어오는 일도 없지만 유능한 메이드다. 딱히 설명하지 않더라도 실프의 얼굴을 보고 집 안으로 돌아가더니 커다란 천을 하나 더 가져다 주었다.

우리는 신발을 벗어 맨발이 되어선 머리와 발을 닦은 뒤에 2층으로 올라갔다.

내 방에 들어가자 커다란 통에 뜨거운 물이 담겨 있었다. 이 세계에는 샤워라는 건 물론이고 욕조에 물을 받는다는 문화도 없으니까 이걸로 몸을 닦는다.

록시의 이야기를 듣자니 온천은 있는 모양이지만.

뭐, 목욕을 싫어하는 나로서는 이 정도가 좋다.

"응?"

내가 옷을 벗고 알몸이 되었을 때 실프는 얼굴을 붉히며 우물쭈물하고 있었다.

"왜 그래? 안 벗으면 감기 걸려."

"어? 으, 응…."

하지만 실프는 움직이지 않았다. 남들 앞에서 옷 벗는 게 창피한가….

아니면 아직 혼자서 못 벗는 걸까. 여섯 살이나 되어서 그러면 안 되지.

"자, 두 손 올려."

"이…응."

실프에게 두 손을 들게 하고 흠뻑 젖은 웃옷을 간신히 벗겨
냈다.

근육도 없는 새하얀 피부가 드러났다. 그대로 아래도 벗겨주
려고 했더니 팔을 붙잡았다.

"시, 싫어…."

남에게 보이기 창피한 걸까.

나도 어렸을 적에는 그랬다. 유치원 다닐 무렵에 수영 시간
이 되면 알몸으로 샤워를 하는데, 동년배에게 보이는 게 묘하
게 창피했다. 그렇다고는 해도 실프의 손은 차가웠다. 얼른 하
지 않으면 정말로 감기에 걸리겠다.

나는 억지로 바지를 끌어내렸다.

"그…그만 둬…."

어린애용 호박 팬티에 손을 댔다가 머리를 얻어맞았다.

올려다보니 실프가 울상을 하고 노려보고 있었다.

"비웃지 않을 테니까."

"그, 그게 아냐… 아, 안 돼…!!"

의외로 진심 어린 거절이었다. 실프와 알고 지내면서 이렇게
심한 거절은 처음이었다.

조금 쇼크.

그건가. 엘프한테는 알몸을 보이면 안 된다는 관습이라도 있

나?

그렇다면 억지로 벗기기도 미안하지….

"알았어, 알았어. 대신 나중에 꼭 갈아입어야 돼? 젖은 속옷은 의외로 기분 나쁘고 배탈 날 수도 있으니까."

"응…."

내가 손을 떼자 실프가 울상을 하면서도 고개를 끄덕였다.

귀엽다. 이 귀여운 소년과 더 친해지고 싶었다.

그렇게 생각하니 갑자기 장난이 떠올랐다.

나만 알몸이라니 불공평하잖아.

"빈틈이다!"

팬티에 손을 대고 단숨에 끌어내렸다.

나와라!! 전○펜듀람!

"어… 꺄, 꺄아악!!"

"…어?"

실프의 비명. 순간적으로 웅크려서 몸을 숨겼다.

그 순간 내 눈에 비친 것은 최근 익숙해진 퓨어한 쇼트소드가 아니었다.

물론 흉흉한 문양이 떠오르는 다크블레이드도 아니었다.

거기에 있었던 것은, 아니, 없었던 것은— .

그래… 없었다.

있을 리가 없는 것이 있었다.

생전에 컴퓨터 모니터 안에서 몇 번이나 보았던 것이다.

때로는 모자이크가 있거나, 때로는 무수정이거나 한 그것을 보면서 나는 항상 진짜를 핥거나 넣고 싶다고 생각하면서 블랙라스트를 화이트디캐논해서 페이퍼 행커치프해서 미트시키는 것— 그것이 있었다.

실프는.

그는… **그녀**였다.

머리가 새하얗게 되었다.

나는 지금 말도 안 되는 짓을 저질렀나…?

"루데우스, 뭐 하는 거냐…."

놀라 돌아보니 파울로가 서 있었다. 언제 돌아온 걸까. 비명을 듣고 이 방으로 온 걸까.

나는 굳어 있었다. 파울로도 굳었다.

울면서 주저앉은 알몸의 실프가 있었다.

알몸인 내 손에는 그녀의 팬티가 쥐어져 있었다.

그리고 내 큐트한 베이비보이. 그는 어리면서도 사납게 존재를 주장하고 있었다. 뭐라고 변명할 수 없는 상황이었다.

내 손에서 팬티가 떨어졌다.

밖에서는 비가 내리고 있는데도 철퍽 하는 소리가 이상하게 크게 울린 듯했다.

일을 끝내고 집에 돌아오니 아들이 소꿉친구 소녀를 덮치고 있었다.

일단 무조건 꾸짖을 뻔했지만 신중해지기로 했다. 이번에도 무슨 사정이 있는 걸지도 모른다. 지난번의 실패를 거듭하진 않겠다. 아무튼 흐느끼는 소녀를 아내와 메이드에게 맡기고 아들을 뜨거운 물로 씻겨 주기로 했다.

"왜 그런 짓을 했지?"

"죄송합니다."

1년 전에 야단쳤을 때에는 절대로 사과하지 않겠다는 의사를 보였는데, 이번에는 간단히 사죄의 말이 나왔다. 태도도 얌전했다. 소금에 절인 푸성귀 같았다.

"이유를 묻는 거야."

"젖은 채로 있길래 벗겨 주려고 했습니다…."

"하지만 싫어했잖아?"

"예…."

"여자한테는 잘 해 주라고 아버지가 그랬지?"

"예…. 죄송합니다."

루데우스는 아무런 변명도 하지 않았다. 내가 이 녀석 정도일 때는 어땠을까.

'아니'와 '하지만' 같은 소리만 해댔던 것 같다.

변명밖에 안 했다. 아들은 장하다.

"뭐, 너 정도 나이라면 흥미가 생길지도 모르지만. 억지로 그러면 안 돼."

"…예. 죄송합니다. 두 번 다시 안 할게요."

왠지 완전히 풀 죽인 기색인 아들을 보고 있으니 미안한 마음이 들었다.

여자를 밝히는 내 자식이다. 나는 어렸을 적부터 혈기왕성하고 정력이 강해서, 귀여운 여자를 보면 끊임없이 손을 대었다. 지금은 어느 정도 진정되었지만 예전에는 정말로 참을 줄을 몰랐다.

유전이겠지.

이지적인 아들에게 그런 본능은 고민스러울 게 당연하겠지.

왜 알아주지 못했을까…. 아니, 여기선 공감할 게 아니다.

경험으로 어떻게 해야 하는지 가르쳐 줘야 한다.

"나한테가 아니라 실피에트한테 사과해라. 알겠지?"

"실피, 에트… 용서해 줄까요…."

"처음부터 용서받을 수 있다고 생각하고 사과하면 안 돼."

그렇게 말하자 아들은 더 기가 죽었다.

생각해 보면 처음부터 아들은 그 애에게 열심이었다. 1년 전의 소동도 그 아이를 지키기 위한 것이었다. 그 결과 아버지에게 얻어맞기까지 하였다.

그 뒤에도 매일처럼 같이 놀고 다른 애들에게서 지켜주었다. 검술도 마술도 열심히 하면서 여자친구를 위해 짬짬이 시간을 내었다. 자기가 가장 소중히 여기는 지팡이나 마술교본을 그녀에게 선물할 정도로 어프로치했다.

그런 아이에게 미움 살지도 모른다고 생각하면 기 죽는 것도 이해된다.

나도 예전에는 그랬다. 미움 받고는 기 죽었다.

하지만 안심해라, 아들아. 내 경험으로 말하자면 아직 여유롭게 만회할 수 있다.

"뭘 또, 괜찮아. 여태까지 그런 짓을 하지 않았으니까 진심으로 사과하면 분명히 용서해 줄 거야."

그렇게 말하자 아들은 조금 밝은 얼굴을 하였다.

머리 좋은 아들이니 이번에는 조금 실패했을지라도 금방 만회하겠지.

뿐만 아니라 이번 실패를 잘만 이용하면 그녀의 마음을 휘어잡을지도 모른다.

든든하면서도 앞날이 두려웠다.

목욕을 마친 아들은 실피에트에게 뛰어가자마자 제일 먼저 이렇게 말했다.

"미안, 실피. 머리도 짧고 해서 여태까지 계속 남자인 줄 알았어!!"

우리 집 아들은 완벽하다고 생각했는데 의외로 바보인지도 모르겠다.

나는 처음으로 그렇게 생각했다.

★　　　**루데우스 시점**　　★

사과하고 칭찬하고 다독이고 해서 간신히 용서를 받았다.

실프는 여자니까 앞으로는 실피라고 부르기로 했다.

본명은 실피에트라고 하나 보다.

파울로는 '그렇게 귀여운 애를 남자라고 잘못 보다니 눈이 어떻게 된 거 아니냐'라며 기막혀 했다.

나도 '너 사실은 여자였냐!!'를 진짜로 할 줄은 꿈에도 몰랐다.

어쩔 수 없잖아. 처음 만났을 때는 나보다도 머리카락이 짧았다. 베리쇼트라고 할 정도로 멋 부린 것은 아니지만, 까까머리 정도로 짧지도 않은 느낌이었다. 복장도 여자다운 옷은 한 번도 입은 적이 없었다. 옅은 색의 상의에 바지, 그것뿐이었다. 치마를 입었으면 나도 헷갈릴 리 없었는데.

아니… 차분하게 생각해 보면.

머리카락 색깔 때문에 괴롭힘당했다. 그러니까 머리를 짧게 쳐서 눈에 띄지 않도록 했겠지. 괴롭힘당하면 뛰어서 도망쳐야 한다. 그러니까 치마보다 바지를 입겠지. 실피네 집은 그렇게 유복하지 않다. 그러니까 바지를 한 벌 지으면 치마를 만들 여유는 없다.

서로 알게 된 게 3년 뒤였으면 나도 헷갈리지 않았다.

선입관으로 귀여운 남자라고 생각했을 뿐이지, 중성적인 것도 아니다.

혹시 그녀가… 아니, 그만두자.

무슨 말을 해도 변명이다.

여자란 걸 안 뒤로 내 태노도 변했다.

남자 같은 차림을 한 실피를 보고 있으면 이상한 기분이 들었다.

"시, 실피는 예쁘니까, 머리를 더 기르는 편이 낫지 않을까?"

"어…?"

내친 김에 외모부터 바꿔주면 다시 시작하기도 쉽다.

그렇게 생각하고 제안했다.

실피는 자기 머리칼을 싫어하지만, 에메랄드그린색은 햇빛을 받으면 투명한 것처럼 빛난다. 부디 길러 주었으면 한다. 그리고 가능하면 트윈테일이나 포니테일로 해 주었으면 싶다.

"싫어…."

하지만 그 날 이후로 실피는 내게 경계심을 품게 되었다.

특히나 신체적인 접촉은 노골적으로 꺼리게 되었다.

여태까지 무슨 말이든 쉽사리 들어주었기에 살짝 쇼크였다.

"그래. 그럼 오늘도 무영창으로 마술 연습 할까?"

"응."

속마음을 숨기듯이 표정을 다잡았다. 실피에게는 친구가 나밖에 없으니까 결국은 둘이서 놀게 된다. 아직 앙금은 남은 모양이지만 일단은 놀아 주었다.

그러니까 지금은 그걸로 괜찮다고 생각하기로 했다.

★　　★　　★

현재 내 스킬을 이 세계에서의 기준으로 말하자면 다음과 같
다.

```
[검술]
검신류 : 초급       수신류 : 초급
[공격 마술]
불 계열 : 상급       물 계열 : 성급
바람 계열 : 상급     흙 계열 : 상급
[치유 마술]
치료계 : 중급       해독계 : 초급
```

치유 마술은 일곱 단계의 랭크로 나뉘고, 치료, 결계, 해독,
신격이라는 네 가지 계통으로 성립되었다.

그렇다고 해도 공격 마술과 달리 화성이나 수성 같은 멋진
호칭은 없다.

성급치료술사, 성급해독술사 같은 식으로 불렸다.

치료는 말 그대로 상처를 치료하는 마술. 처음에는 베인 상
처를 고치는 게 한계지만, 제급帝級까지 올라가면 잃어 버린 팔
을 나게 할 수도 있다는 모양이다. 다만 신급이 되어도 죽은 생
물은 되살릴 수 없다.

해독은 말 그대로 독이나 병을 고치는 마술이다. 계급이 올라가면 독을 만들거나 해독제를 만들 수도 있단다. 상태이상狀態異常 마술은 성급 이상이라서 어려운 모양이다.

결계는 방어력을 올리거나 장벽을 만드는 마술이다. 알기 쉽게 말하자면 보조마법이겠지. 자세하게는 모르겠지만, 신진대사를 올리고 가벼운 상처를 고치거나 뇌내물질을 발생시켜서 고통을 마비시키는 거일 테다. 록시는 이걸 쓰지 못했다.

신격계神擊系는 고스트 계열의 마물이나 사악한 마족에게 유효한 대미지를 주는 마술인 듯한데, 신격계는 인간의 신관전사神官戰士가 비밀리에 전수하는 마술인 듯하여서 마법대학에서도 가르쳐 주지 않는단다. 록시도 몰랐다.

고스트 같은 건 본 적도 없지만 이 세계에서는 나오는 모양이다.

원리를 모르면 무영창으로 쓸 수 없어서 불편하다.

애초에 공격 마술에 이과와 통하는 원리가 있을 뿐이지, 다른 마술에도 원리가 있는지는 알 수 없었다. 마력이란 것이 만능의 원소인 듯하다는 건 알겠다. 하지만 어떻게 변화시키면 뭐가 가능한지를 모르겠다.

예를 들어서 멀리 있는 것을 띄우거나 가까이로 끌어당기거나 하는 사이코키네시스.

이것도 재현할 수 있을 것 같은데, 초능력자가 아닌 나로서는 어떻게 하면 재현할 수 있을지 짐작도 가지 않는다.

참고로 나는 상처가 낫는 프로세스를 대충밖에 기억하지 못했다. 고로 힐링을 무영창으로 쓸 수는 없을 것이다. 의사가 가진 지식이 있었으면 치유 마술도 무영창으로 쓸 수 있을지도 모르겠다.

그 외에도 뭔가를 했다면 마술로 재현할 수 있었겠지.

혹시나 스포츠라도 했으면 검술이 더 늘었을지도 모른다.

그렇게 생각하니 생전에는 왜 그리 헛된 시간을 보냈던 걸까.

아니, 헛되지 않았다.

분명히 나는 일도 하지 않았고 학교에도 가지 않았다. 하지만 계속 동면만 했던 건 아니었다. 모든 게임이나 취미에 손을 대었다. 다른 녀석들이 공부나 일 같은 것에 달라붙은 동안에 말이다.

그 게임의 지식, 경험, 사고방식은 이 세계에서도 통한다.

통할 거다…!!

뭐, 지금은 통하지 않지만.

그건 파울로와 검술 훈련을 하던 도중의 일이었다.

"하아…."

무심코 한숨이 새어나왔다.

노골적인 한숨을 쉬어서 야단맞을 줄 알았는데, 파울로는 히죽히죽 웃었다.

"아하, 루디. 너 실피에트한테 미움 받아서 풀 죽어 있구나?"

지금 한숨은 그런 게 아니다.

아니긴 하지만 분명히 실피 문제도 고민거리 중 하나였다.

"으음, 뭐, 검술도 잘 안 늘고 실피한테는 미움 샀고 한숨이 나올 만하지요."

파울로는 히죽히죽 웃으면서 목검을 지면에 꽂더니 거기에 몸을 기대듯이 서서 시선을 내렸다.

설마 이 녀석, 비웃을 생각은 아니겠지….

"아버지가 충고를 해 줄 수도 있다."

의외의 말이 나왔다.

나는 생각했다.

아버지 파울로는 여자한테 인기 있다. 제니스는 미녀라고 해도 좋고, 에트의 아내 건도 있었다. 리랴도 파울로가 엉덩이를 만지면 꼭 싫은 것만은 아닌 얼굴을 했다. 뭔가 있다. 여자에게 미움 사지 않는 비결이, 리얼충으로 이르는 길이. 뭐, 감각파니까 이해할 수 없겠지만, 참고는 될지도 모르겠다.

"부탁드립니다."

"으음, 어쩔까."

"신발이라도 핥을까요?"

"아니, 너 갑자기 비굴해진다?"

"가르쳐 주지 않으신다면 리랴에게 추파를 던졌다고 어머님께 보고하겠습니다."

"이번엔 또 고압적… 아니, 어이! 보고 있었냐!! 알았다, 알았어. 잘난 척해서 미안하다."

리랴에게 추파 던졌다는 건 그냥 떠보았을 뿐이었는데….

혹시— 바람?

뭐, 좋아. 이 남자가 그만큼 인기 있다는 소리다. 여자한테 인기 많은 남자의 강의를 들어보자.

"알겠냐, 루디. 여자란 말이지."

"예."

"남자의 강한 부분도 좋아하지만, 약한 부분도 좋아한다."

"호오."

들어본 적이 있군. 모성본능이 어쩌구 하는 건가?

"너 실피에트 앞에서 강한 부분밖에 보여주지 않았지?"

"글쎄요, 자각은 없습니다만."

"생각해 봐라. 자기보다 명백히 강한 녀석이 욕망을 드러내며 다가오면 어떻게 생각할까?"

"무섭겠죠."

"그렇지?"

그 날 일을 이야기하는 거겠지. 그가 그녀가 된 날을.

"그러니까 약한 부분을 보여주는 거야. 강한 부분으로 지켜주고 약한 부분은 보호받고. 그런 관계로 가는 거지."

"호오!!"

알기 쉽다! 감각파인 파울로라곤 생각할 수 없어!

강하기만 해선 안 된다, 약하기만 해서도 안 된다. 하지만 양쪽을 겸비하면 인기 있다!!

"하지만 어떻게 약한 부분을 보여주면   ."

"그야 간단하지. 너 지금 고민하고 있지?"

"예."

"혼자서 고민하는 그걸 실피에트의 앞에서 아주 대놓고 태도로 보이는 거야. 난 지금 고민하고 있습니다, 당신이 피하는 바람에 침울해 졌습니다, 라고."

"그, 그러면 어떻게 되나요?"

파울로는 히죽 웃었다. 못된 얼굴이었다.

"잘만 풀리면 저쪽에서 다가오지. 위로해 줄지도 몰라. 그러거든 기운 내라. 친해지거든 상대가 기운을 내는데 기뻐하지 않는 사람은 없어."

"!!"

과연. 내 태도로 상대의 감정을 컨트롤한다….

역시나 대단하다. 하지만 계획대로만 된다고 할 수는 없는데?

"그, 그래서 안 되면 어떻게 하나요?"

"그럴 때는 또 물어봐라. 다음 수를 가르쳐 주지."

다음 수가 있었나. 책사, 책사였다, 이 남자!!

"과, 과연. 그럼 지금 당장 다녀오겠습니다!!"

"다녀와라, 다녀와."

파울로는 설레설레 손을 흔들었다. 나는 가만히 있을 수 없어서 뛰어갔다.

"여섯 살짜리 애한테 뭘 가르치는 건지…."

뒤에서 그런 목소리가 들린 듯했다.

나무 밑에 도착했지만 시간이 너무 일렀기에 실피는 오지 않았다.

언제나 그렇듯이 목검을 들고 있지만, 평소에는 몸을 닦고 왔기에 지금은 땀으로 흠뻑 젖었다. 어쩐다. 어쩔 것도 없지. 이럴 때는 뇌내 연습이다. 나는 목검을 휘두르며 시뮬레이션했다. 강한 모습을 보여줘 왔다. 다음은 약한 모습을 보여준다. 약한 모습. 어떻게 해야 할까. 그래, 침울해진 모습을 보여주는 거다. 어떻게? 타이밍은? 느닷없이 하게? 그것도 이상하겠지. 이야기의 흐름상 이상해. 가능할까? 아니, 하고 말겠어.

그런 생각을 하면서 목검을 휘둘렀더니 어느 틈에 악력이 없어졌는지 목검이 휙 빠져나갔다.

"윽…."

검이 굴러간 곳에 실피가 있었다. 나는 머릿속이 새하얗게 되었다.

어, 어쩐다. 뭐라고 말하면 좋지?

"왜, 왜 그래, 루디…?"

실피는 나를 보고 눈을 동그랗게 떴다. 뭐지, 무슨 말이야?

너무 일찍 와서 그런가?

"으음, 후우… 후웁. 실피의 귀여운 모습을 볼 수 없어서, 아, 아쉽구나, 하고."

"그, 그게 아니라, 그 땀."

"허억… 허억… 어, 땀? 뭐가…?"

헉헉 숨을 몰아쉬면서 다가갔더니 겁먹은 얼굴로 물러났다. 평소처럼 일정 거리 이상은 가까이 오지 않았다.

나는 이렇게나 다가가는데 너는 이렇게나 물러난다.

"……."

땀이 이마에서 흘러내렸다. 숨도 안정되었다. 좋아.

나는 비틀거리듯이 나무에 손을 짚고 반성하는 포즈. 추욱 어깨를 늘어뜨리고 크게 한숨.

"하아…. 요즘 실피가 차가워…."

잠시 침묵이 흘렀다.

이거면 되나? 이걸로 되는 거냐, 파울로? 더 약한 느낌을 내는 편이 좋은가? 아니면 너무 대놓고 보여주는 느낌이었나?

"!!"

뒤에서 내 손을 꼭 붙잡는 손이 있었다. 따뜻하고 부드러운 감촉에 돌아보니 실피가 있었다.

오, 오오오!

이렇게 가깝다. 오래간만에 실피가 가깝다. 파울로 씨! 전 해 냈습니다!!

"하지만, 최근 루디가 어딘가 좀 이상한걸…."

실피는 살짝 외로운 얼굴로 말했다. 그 말에 정신이 들었다.

응, 자각은 있었다.

그런 말을 들을 것도 없이 나는 여태까지와 똑같은 태도로 대하지 않았다.

실피가 보자면 그건 마치 표변이었겠지. 상대가 부자라는 걸 안 순간 결혼하자고 덤비는 여자 같은 표변이다.

기분이 좋을 리가 없다. 하지만 그럼 어떻게 대하면 좋을까?

여태까지와 마찬가지라는 건 역시나 무리다. 이렇게 예쁜 애랑 같이 있는데 긴장하지 않을 리가 없다.

나이 어린, 동년배, 예쁜 여자애. 이런 애와 친하게 지내는 방법을 나는 모른다.

내가 성인의 입장이라면, 혹은 실피가 더 자랐으면 야겜 등으로 얻은 지식을 총동원했겠지. 남자라면 동생이 어렸을 적의 경험을 살렸다. 하지만 그녀는 동년배의 어린 여자애다. 물론 그 정도 나이의 여자와 성적으로 친해지는 게임을 한 적도 있지만, 그런 건 환상이다. 게다가 그런 관계가 되고 싶은 건 아니었다. 실피는 아직 너무 어리다. 내 수비범위가 아니다.

아무튼 지금은 말이지. 장래적으로는 기대하고 있지만!!

그건 둘째 치고 그녀는 괴롭힘당하는 아이였다. 내가 괴롭힘 당할 때 날 도와주는 사람은 없었다. 그러니까 나는 그녀의 편이 되고 싶었다. 남자든 여자든 말이다. 그 부분만큼은 변함없었다. 하지만 역시 여태까지와 똑같이 대하는 건 어려웠다. 나도 남자고, 예쁜 여자애랑 좋은 관계를 쌓고 싶다.

앞으로를 위해서!!

으음… 모르겠다. 어쩌면 좋지. 그것도 파울로에게 물어보면 좋았을걸….

"…미안. 하지만 난 루디를 싫어하지 않아."

"시, 실피…."

내가 한심한 얼굴을 하자 실피는 내 머리를 쓰다듬어 주었다.

그리고 실피는 희미하게 미소를 보였다. 부드러운 미소였다.

가슴이 찡했다.

분명히 내가 잘못했는데 그녀는 용서해 주었다.

나는 그녀의 손을 잡고 꼭 쥐었다.

실피는 살짝 놀라 얼굴을 붉히면서 날 올려다보며 말했다.

"그러니까 평범하게 지내자."

올려다보는 시선과 그 말은 강력했다.

내가 결단하게 만들기에 충분한 위력을 숨겼다.

나는 결의했다.

그래, 그녀는 평범하게 지내기를 바란다.

여태까지와 같은 관계다. 그러니까 가능한 한 평범하게 대하자.

그녀가 겁먹지 않도록, 당황하지 않도록, 남자로서의 부분을 일단 숨기고 대하자.

즉 그거다. 나는 그게 되면 된다.

그게 되어 주지.

둔감남 주인공이 되어 주겠다.

제9화 긴급 가족회의

제니스가 임신한 게 밝혀졌다. 남동생이든지 여동생이든지 생겨나는 모양이다.

가족이 늘어난다. 잘 됐어, 루디!!

제니스는 최근 몇 년 동안 고민하였다.

그녀는 나 이후로 자식이 생기지 않아서 근심하고 있었다.

더 이상 아이를 가질 수 없는 것 아니냐면서 한숨 섞어가며 중얼거렸지만, 한 달 정도 전부터 미각에 변화가 일어나고 구토, 구역질, 권태감… 이른바 입덧 증상이 시작되었다. 경험해 본 적 있는 감각이기 때문에 의사에게 가 본 결과, 거의 확실하다는 이야기를 들었다고 한다.

그레이랫 가문은 그 보고에 들끓었다.

남자면 이름을 뭐라고 지을까, 여자면 이름을 뭐라고 지을까. 방은 아직 있고, 아이 옷은 루디의 것을 물려 입히자.

화제는 끊이지 않았다.

그날은 계속 시끌시끌하니 웃음이 끊이지 않았다. 나도 순수

하게 기뻐하며, 가능하면 여동생이 좋겠다고 주장했다. 남동생
은 내가 소중히 여기는 것을 박살내니까(배트로).

그리고.
문제는 그로부터 한 달 뒤에 부상했다.

메이드 리랴의 임신이 발각되었다.
"죄송합니다, 임신하였습니다."
가족들이 모인 자리에서 리랴가 담담히 임신을 보고했다.
그 순간 그레이랫 가문은 얼어붙었다.
'상대는 누구…?'
그런 질문을 던질 분위기가 아니었다.
전원이 담담히 느끼고 있었다. 리랴는 근면한 메이드다. 급
료도 거의 본가로 송금하였다. 마을 문제를 해결하기 위해 종
종 나가는 파울로나 정기적으로 마을 진료소 일을 거들러 가는
제니스와 달리 업무 이외에는 외출도 거의 하지 않았다. 리랴
가 누군가와 특별히 가깝게 지내는 듯한 소문도 듣지 못했다.
어쩌면 길을 가던 나그네라든가, 하는 식도 생각했지만….
나는 알고 있었다.
제니스가 임신한 뒤로 금욕생활을 할 수밖에 없는 파울로를.
성욕을 주체하지 못하는 녀석이 밤중에 몰래 리랴의 방에 가는

것을.

내가 정말로 꼬맹이였으면 둘이서 트럼프라도 하는 걸까 하고 생각했겠지.

하지만 아쉽게도 나는 알았다. 밑장 빼고가 아니라 어머니 빼고 무슨 일이 일어나고 있는지를.

하지만 조금 더 조심해야 하지 않았나 싶었다. 예전에 어느 두 사람도 말하지 않았던가.

―착한 아이 제군!! '하면 할 수 있다'. 실로 훌륭한 말이다. 우리는 피임의 소중함을 가르쳐 주지!!

창백한 얼굴을 한 파울로에게도 이 말을 들려주고 싶었다.

뭐, 이 세계에 피임이라는 개념이 있는지는 모르겠지만.

물론 사실을 폭로하여 가정 붕괴를 초래할 생각은 없었다.

평소라면 메이드에게 손을 대는 걸 용서할 수 없었을 것이다.

하지만 파울로에게는 실피 문제로 신세를 졌다. 이번만큼은 용서해 주지.

인기 있는 남자는 괴롭다. 그러니 혹시 의심을 사거든 감싸 주자. 가짜 알리바이를 날조해도 되겠다. 그렇게 결심하고 안심하라는 시선을 파울로에게 보냈다.

그와 동시에 제니스가 설마 하는 얼굴로 파울로를 보았다.

우연히 나와 제니스의 시선이 일제히 파울로를 향한 꼴이 되었다.

"미, 미안. 아, 아마, 내 아이야…."

이 인간은 간단히 실토했다.

한심하다…. 아니, 성식하나고 칭찬해야 힐끼. 물론 평소부터 가족이 모인 자리에서 나를 향해 '정직하게' 라든가 '남자답게' 라든가 '여자를 지켜라' 라든가 '불성실한 짓은 하지 마라' 처럼 잘난 듯이 훈계를 해댔던 만큼, 거짓말을 할 수 없었을 뿐일지도 모르지만.

좋잖아. 네 그런 면은 싫지 않아.

'상황은 최악이지만….'

제니스가 귀신 같은 얼굴로 버티고 서서 손을 올리는 걸 보고 나는 그렇게 생각했다.

이렇게 리라를 사이에 두고 긴급 가족회의가 발발했다.

침묵을 제일 먼저 깬 것은 제니스였다.

회의 주도권은 그녀가 쥐고 있었다.

"그래서 어떻게 할 거야?"

내가 보기에 제니스는 지극히 냉정했다.

바람 피운 남편에게 히스테리를 부리지도 않고 따귀를 딱 한 대 올려붙였을 뿐이다.

파울로의 뺨에는 붉은 손자국이 남았다.

"마님의 출산을 도운 뒤에 저택을 떠날까 합니다."

대답한 것은 리랴였다. 그녀도 지극히 냉정했다. 이 세계에서는 이런 일이 흔히 있는 걸지도 모르겠다. 고용주가 손댄 메이드. 문제가 되어 저택에서 쫓겨난다.

응.

평소라면 그런 가엾은 스토리에 흥분하겠지. 하지만 아무래도 이런 분위기면 꿈쩍도 할 수 없다. 나는 파울로와 달리 절조가 있다.

참고로 파울로는 방구석에서 기죽어 있었다.

아버지의 위엄? 그딴 게 있을 리가 없잖아.

"아이는 어떻게 하게?"

"피트아령 안에서 낳은 뒤에 고향에서 키울까 합니다."

"당신 고향은 남쪽 지방이었지?"

"예."

"아이를 낳고 체력이 쇠한 당신이 긴 여행을 견뎌내기 어려울 거야."

"…그럴지도 모릅니다만, 달리 의지할 곳도 없어서."

피트아령은 아슬라 왕국의 북동쪽이다.

내 지식으로는, 아슬라 왕국에서 '남쪽'이라고 불리는 지역까지는 승합마차를 갈아타며 한 달 가까이나 걸린다. 한 달이라고 해도 아슬라 왕국은 치안도 기후도 좋다. 승합마차를 타면 가혹할 정도까진 아니다.

하지만 그건 보통 여행자의 경우다.

리랴에게는 돈이 없다. 승합마차를 탈 수 없으니 걸어서 가게 되겠지.

혹시 그레이랫 가문이 여비를 줘서 승합마차를 탄다고 해도 위험성은 변함없나.

갓 아이를 낳은 여자가 혼자 여행. 내가 못된 놈이라면 그걸 보고 어떻게 할까?

그야 덮치겠지. 아주 좋은 먹잇감이다. 노려달라고 말하는 거나 다름없다. 아이를 인질로라도 잡고 적당한 구두약속으로 어머니를 구속. 일단 돈을 빼앗고 옷가지를 벗긴다. 이 세계에는 노예제도가 있는 모양이니까, 아이와 어머니, 양쪽 모두 팔아치우고 끝이다.

아무리 아슬라 왕국이 이 세계에서 가장 치안이 좋은 나라라고 해도 못된 놈들이 전무한 건 아니겠지. 높은 확률로 문제가 일어나리라.

제니스의 말처럼 체력적인 면도 있었다. 리랴의 체력이 버틴다고 해도 아이는 어떨까.

갓 태어난 아이가 한 달 동안의 여행을 버틸 수 있을까?

무리겠지.

물론 리랴가 쓰러지면 아이도 길동무다. 병에 걸리더라도 의사에게 갈 돈이 없으면 같이 죽게 된다.

갓난아기를 껴안은 리랴가 폭설 속에 쓰러진 광경이 눈앞에 떠올랐다.

나는 리랴가 그렇게 죽기를 바라지 않았다.

"저기, 여보, 아무래도 그건…."

"당신은 조용히 있어요!!"

파울로가 조심조심 입을 열었지만, 제니스가 날카롭게 한 소리 하자 어린애처럼 풀죽었다.

이번 일에서 그에게 발언권은 없다. 파울로는 도움이 되지 않는다.

"……."

제니스는 복잡한 표정으로 손톱을 깨물었다. 아무래도 그녀도 고민하는 모양이었다.

그녀는 리랴를 죽이고 싶을 만큼 미워하는 게 아니다.

뿐만 아니라 두 사람은 사이가 좋았다. 6년이나 함께 집안일을 해 왔으니까 친구라고 해도 좋겠지.

리랴가 가진 게 파울로의 아이가 아니었으면.

예를 들어서 뒷골목에서 강간이라도 당해서 생긴 아이였다면 제니스는 망설임 없이 리랴를 보호하고 이 집에서 아이를 키우도록 허가… 아니, 그렇게 강요했겠지. 이야기의 흐름에서 보면 이 세계에는 낙태라는 개념이 없는 모양이고.

지금 제니스의 안에 두 가지 감정이 뒤엉켜 있다고 생각되었다.

좋아한다는 마음, 배신당했다는 마음.

이 상황에서 후자에게 감정이 치우치지 않은 제니스는 대단했다. 나라면 질투로 지금 당장 쫓아냈다.

제니스가 냉정할 수 있는 것은 리랴의 태도도 관계있겠지. 리랴는 한 마디 변명도 않고 책임을 지려는 모습이었다. 모셔

온 집을 배신한 책임을.

하지만 내가 보기에 책임을 져야할 것은 파울로였다. 리랴가 혼자서 책임을 지는 건 이상했다.

분명히 이상했다.

이렇게 이상한 식으로 헤어지면 안 된다.

나는 리랴를 돕기로 마음먹었다. 리랴에게는 신세를 졌다. 딱히 친하게 지낸 사이도 아니고, 나한테 말을 걸어온 적도 거의 없었다.

하지만 그녀는 분명히 날 돌봐 주었다. 검술로 땀을 흘리면 수건을 준비해 주었다. 비에 젖으면 뜨거운 물을 준비해 주었다. 추운 밤에는 담요를 준비해 주었다. 책을 정리하지 않았으면 깔끔하게 정돈해 주었다.

그리고 무엇보다.

무엇보다… 무엇보다 말이다.

그녀는 팬티의 존재를 알고서도 입다물어 주었다.

그래, 리랴는 알고 있었다.

그건 실피를 아직 남자라고 생각하던 무렵이었다.

비가 내렸다. 나는 복습을 겸해서 내 방에서 식물사전을 읽고 있었다. 그러자 리랴가 와서 청소를 시작했다. 독서에 열중했던 나는 팬티가 있는 서랍 근처를 리랴가 청소하는 걸 알아차리지 못했다. 알아차렸을 때에는 이미 늦어서, 리랴의 손에 팬티가 들려 있었다.

바보구나 싶었다. 분명히 나는 20년 가까이 내 방에만 틀어박혀서 살았다. 거리낌 없이 마음대로 펼쳐 놓고 살았다. 컴퓨터 배경화면에는 '야짤' 같은 폴더까지 있었다. 그러니까 은폐 스킬은 녹슬었을지도 모르겠다. 하지만 설마 이렇게 간단히 발견될 줄이야. 꽤나 열심히 숨겼는데…. 이게 메이드라는 생물인가.

내 안에서 뭔가 무너지는 동시에 머리 끝부터 피가 빠져나가는 소리가 들렸다.

심문이 시작되었다.

리랴는 말했다. '이게 뭡니까?' 라고.

나는 대답했다. '뭐뭐뭐뭔가요, 그그그그건?' 이라고.

리랴는 말했다. '냄새가 나는군요' 라고.

나는 대답했다. '참기름 냄새가 아니지 않은 게 아닐까요?' 라고.

리랴는 말했다. '누구 겁니까?' 라고.

나는 대답했다. '…죄송합니다, 록시 겁니다' 라고.

리랴는 말했다. '세탁하는 편이 낫지 않나요?' 라고.

나는 대답했다. '그걸 빨다니 말도 안 되는 소리!!' 라고.

리랴는 말없이 팬티를 서랍에 돌려놓았다.

그리고 전율하는 나를 놔두고 방에서 나갔다.

그날 밤 나는 가족회의를 각오했다.

하지만 아무 일도 없었다.

심야, 이불 속에서 바들바들 떨면서 보냈다. 다음 날 아침이 되어서도 아무 일이 없었다.

그녀는 아무에게도 말하지 않았다.

이 은혜를 지금 갚자.

"어머님. 한 번에 형제가 둘이나 생기는데 왜 이렇게 무거운 분위기인가요?"

가능한 한 어린애처럼.

리랴도 임신했다. 와아, 가족이 더 늘어난다. 그런데 왜 화내?

그런 느낌을 내면서 나는 말을 꺼냈다.

"두 사람이 해선 안 되는 짓을 했으니까."

제니스는 한숨 섞어서 말했다. 그 목소리에는 끝 모를 분노가 섞여 있었다. 하지만 분노의 창끝은 리랴를 향한 게 아니었다. 제니스도 아는 것이다.

제일 잘못한 게 누구인가.

"그런가요? 하지만 리랴는 아버님을 거스를 수 있었을까요?"

"무슨 말이니?"

그럼 파울로에게는 미안하지만 이번 일은 자업자득이다. 죄를 모두 덮어씌우기로 하자.

미안, 실피 건에 대한 답례는 또 다음 기회로.

"저는 알고 있습니다. 아버님은 리랴의 약점을 쥐고 있습니다."

"어, 정말로?!"

내 거짓말을 믿고 제니스는 놀라서 리랴를 보았다.

리랴는 평소처럼 무표정했지만 짚이는 데가 있는지 눈썹을 꿈틀 움직였다. 정말로 약점을 잡혔던 걸까. 평소의 언동으로는 오히려 리랴가 파울로의 약점을 잡고 있는 것처럼 보였는데….

아니, 마침 잘 되었다.

"저번에 밤중에 화장실을 가려고 리랴의 방 앞을 지나는데 아버님이… 뭔가 알려지고 싶지 않거든 얌전히 다리를 벌리라고 그랬습니다."

"뭐!! 루디, 무슨 소릴…."

"당신은 조용히 있어요!!"

제니스가 앙칼진 소리를 질러서 파울로의 입을 막았다.

"리랴, 지금 이 말이 사실이야?"

"아뇨, 그런 사실은…."

리랴는 그렇게 말하려다가 시선을 이리저리 돌렸다.

정말로 짚이는 데가 있는 걸까. 아니면 그런 식의 플레이라도 했을지 모른다.

"그래. 당신 입으로는 있었다고 말할 수 없겠지…."

제니스는 그 태도를 멋대로 납득했다.

파울로는 눈만 껌뻑거리고 입을 벌리다가, 하지만 말도 못

하고 금붕어처럼 뻐끔거리기만 했다.

　좋아. 계속 밀어붙이자.

　"어머님. 리랴는 잘못이 없다고 생각합니다."

　"그래."

　"잘못한 건 아버님입니다."

　"…그래."

　"아버님이 잘못했는데 리랴가 곤경에 처하는 건 잘못되었습니다."

　"……그래."

　반응이 별로군…. 조금만 더.

　"저는 실피와 함께 있으면서 매일이 즐거운데, 태어날 제 동생에게도 비슷한 또래의 친구가 있는 편이 좋지 않겠습니까?"

　"…그래."

　"그리고 어머님, 제게는 양쪽 다 형제입니다."

　"…알았어. 정말 루디한테는 못 당하겠구나."

　제니스가 크게 한숨을 내쉬었다.

　고생하시네요, 마망.

　"리랴, 우리 집에 있어. 당신은 이미 가족이야!! 멋대로 나가는 건 허락 못 해!!"

　최종적인 한 마디.

　파울로는 눈을 치뜨고, 리랴는 입에 손을 대고 눈물을 글썽였다.

　이걸로 한 건 낙착.

★　　★　　★

이렇게 모든 책임을 파울로에게 뒤집어씌워서 사건은 무사히 끝났다.

마지막으로 제니스는 도축 직전의 돼지를 보는 듯한 냉철한 눈으로 파울로를 바라보았다.

어느 업계에서는 좋아할지도 모르지만, 내 거기는 바싹 오그라들었다.

그런 눈으로 제니스는 혼자 침실로 돌아갔다.

리라는 울고 있었다. 여전히 무표정한 얼굴로 눈에서 펑펑 눈물을 쏟고 있었다.

파울로는 그 어깨를 안아주어야 할지 망설였다.

아무튼 이 자리는 플레이보이에게 맡기도록 할까.

나는 제니스의 뒤를 따라서 침실로 향했다. 이번 사건으로 파울로와 제니스가 이혼하기라도 하면 그건 그거대로 문제니까.

침실 문을 노크하자 곧바로 제니스가 얼굴을 내밀었다.

"어머님. 방금 전의 말은 제가 생각한 거짓말입니다. 아버님을 미워하지 말아 주세요."

재빨리, 전제라고는 일체 없이 그렇게 말했다.

제니스는 순간 어안이 벙벙한 표정이었지만, 쓴웃음을 짓더니 부드러운 얼굴로 내 머리를 쓰다듬었다.

"알고 있어. 나도 그렇게까지 못된 남자를 좋아한 건 아니니까. 바보에 여자라면 환장을 하니까 언젠가 이런 일이 있으리라고 각오도 했고. 갑작스러운 일이라서 깜짝 놀랐을 뿐이란다."

"…아버님은 여자라면 그렇게 사족을 못 쓰나요?"

모르는 척하면서 슬쩍 물어보았다.

"그래. 최근에는 괜찮았지만, 예전에는 못 봐줄 지경이었단다. 어쩌면 내가 모를 뿐이지 루디의 형이나 누나가 어디에 있을지도 모르겠구나."

내 머리를 쓰다듬는 손에 힘이 들어갔다.

"루디는 그런 어른이 되면 안 된다?"

머리를 쓰다듬는, 아니, 움켜쥐는 손에 계속 힘이 들어갔다….

"실피를 소중히 하지 않으면 안 된다?"

"아, 아파요, 물론이에요, 어머님. 아프거든요."

앞으로의 행동에 대해 커다란 못이 박힌 기분이었다.

하지만 이런 식이면 괜찮겠지. 앞으로 어떻게 될지는 파울로의 노력에 달렸다.

그렇다고는 해도 정말 우리 아버지가 사고 쳐서 문제다.

다음은 없어요, 세뇨르.

다음날.

검술 연습이 엄청 빡세졌다.

뒤처리도 다 해 줬으니까 화풀이하지 말아줬으면 싶다.

★　　리랴 시점　　★

딱 잘라 말하겠다.

임신은 내 잘못이다. 파울로를 유혹한 것은 나다.

이 집에 처음 왔을 때에는 그럴 생각이 없었다. 하지만 매일 밤마다 두 사람의 신음소리를 듣고 남녀의 냄새로 충만한 방을 청소하면 나도 여자다보니 성욕이 쌓인다.

처음에는 혼자서 해결했다.

하지만 매일 정원에서 검술 연습을 하는 파울로를 보니 채 꺼뜨리지 못한 잔불이 몸 속에서 커졌다.

검술 연습을 하는 파울로를 보니 처음 만났을 때의 일이 떠올랐다.

그건 아직 더 젊었을 무렵, 검술 도장에서 머물던 무렵. 파울로가 밤에 억지로 날 덮쳤다. 싫지는 않았지만, 서로 사랑하던 것도 아니었다. 로맨틱하다고 할 수 없어서 당시에는 눈물을 흘렸다.

하지만 다음에 내게 추파를 던진 건 나이든 대신이었다.

그거보단 낫다고 생각하니 전혀 마음 쓰이지 않았다.

파울로가 메이드를 모집한다고 들었을 때도 그때의 일을 교섭재료로 삼으면 되겠다는 생각을 했다.

오래간만에 만난 파울로는 그 무렵보다 훨씬 남자다웠다.

소년의 모습은 사라지고 엄격함과 강인함을 겸비한 남자가 되어 있었다.

나는 그런 남자를 앞에 두고 6년이나 잘도 참았다고 생각되었다.

처음에는 파울로도 내게 추파를 부리지 않았다.

그대로라면 차츰 마음속의 불도 사라졌겠지.

하지만 가끔씩 날아드는 성희롱에 정욕의 불은 다시 타올랐다.

참을 수는 있었지만, 절묘한 밸런스라는 것을 자각하였다.

제니스의 임신으로 그게 무너졌다.

파울로가 성욕을 주제 못 하는 것을 나는 기회로 생각했다. 기회라고 생각하고 파울로를 방으로 불러들였다….

그러니까 내가 잘못했다. 임신은 벌이라고 생각했다. 정욕에 져서 제니스를 배신한 벌이라고.

하지만 용서받았다.

루데우스가 용서해 주었다.

저 똑똑한 아이는 무슨 일이 일어났는지 정확하게 이해하고 정확하게 대화를 유도해서 적절한 선으로 깔끔하게 이야기를 끝낼 수 있도록 하였다.

마치 과거에 비슷한 일이 있었다는 듯이 냉정하게.

기분 나쁠 정도로… 아니, 그런 말은 이제 그만하자.

나는 루데우스를 기분 나쁘게 여기면서 계속 피해 왔다.

루데우스는 똑똑하다. 내가 기피하는 것도 알아차렸겠지. 그런데도 루데우스는 나를 구해 주었다. 결코 기분 좋지 않았을 텐데도.

자기감정보다도 나와 이 아이를 구하는 길을 택했다.

기분 나쁘다고 하면서 피했던 내가 창피하다.

그는 생명의 은인이다. 존경해야 할 사람이다.

존경해야 한다. 최대급의 경의를 표하고, 죽을 때까지 모셔야 할 사람이다. 아니… 나는 여태까지 그를 업신여겨 왔다. 나혼자만으로는 빚을 다 갚을 수 없겠지.

그래.

혹시 뱃속의 아이가 무사히 태어나서 자라거든.

이 아이가 루데우스를….

루데우스 님을 섬길 수 있도록 하자.

★　　　**루데우스 시점**　　★

그로부터 몇 달 동안은 딱히 아무 일도 없이 지나갔다.

실피의 성장은 눈부셨다. 무영창 마술을 중급까지 쓸 수 있게 되었다. 서서히 섬세한 작업도 할 수 있게 되었다.

반대로 내 검술 실력은 별로 다를 바 없었다.

좋아진 것 같기도 하지만, 아직 파울로에게 한 번도 이길 수 없으니 실감이 들지 않았다.

또 리랴의 태도가 부드러워졌다. 그녀는 여태까지 나를 경계 했던 모양이다. 뭐, 어렸을 적부터 마술을 펑펑 써댔으니까 당연하겠지.

기본적으로 무표정인 건 변함없지만, 말이나 언행 곳곳에서 꽤나 과장된 경의 같은 게 느껴졌다. 경의를 받는 건 기분 좋지만, 파울로의 입장도 있으니까 적당히 했으면 좋겠다.

아무튼 그 사건 이후로 리랴와는 조금씩 이야기를 하게 되었다.

주로 파울로와의 과거 이야기였다.

듣자하니 리랴는 과거에 파울로와 같은 도장에서 검술을 배운 적이 있다는 모양이다.

당시의 파울로는 재능이 있었지만 연습을 싫어했다던지. 연습을 빼먹고 동네로 놀러 다녔다던지. 리랴는 당시의 파울로가 덮치는 바람에 순결을 빼앗겼다던지. 파울로는 그걸 들킬까 봐 도장에서 도망쳤다던지.

그런 이야기를 담담히 들려주었다.

리랴의 과거 이야기를 들으면 들을수록 내 안에서 파울로의 주가는 팍팍 떨어졌다.

강간에 바람. 파울로는 쓰레기로군.

하지만 파울로도 뿌리부터 못된 사람은 아니다. 자유분방하고 어린애 같은 면이 있어서 모성본능을 자극하는 타입인 모양이고. 내 앞에서는 아버지답도록 노력하고. 조금 인내심이 부족해서 뭔가 생각하면 바로 실행에 옮기는 타입일 뿐이지, 결코 못된 사람은 아니다.

"뭐냐, 그렇게 뚫어져라 쳐다보고. 아버지처럼 멋진 남자가 되고 싶냐?"

검술 연습 도중에 파울로를 쳐다보았더니 그런 질문이 돌아왔다.

웃기는 녀석이다.

"바람 피워서 가정 붕괴의 위기를 만드는 남자가 멋있습니까?"

"끄으⋯."

파울로는 쓰디쓴 얼굴을 했다. 그 표정을 보고 나도 조심하자고 결심했다.

물론 나는 둔감남이다. 바람 따윈 피우지 않는다. 여자가 멋대로 날 두고 다툴 뿐. 그러도록 방향을 잡을 뿐이다.

"뭐, 깨달은 게 있거든 어머님 말고 다른 사람에겐 손을 대지 말아 주세요."

"리, 리랴는 괜찮잖아?"

이 남자, 반성을 모르는 모양이다.

"다음에는 어머님이 말없이 친정으로 돌아갈지도 모릅니다⋯."

"끄, 끄으⋯."

여자 둘을 놓고 하렘이라도 만들 생각이었을까. 미인 마누라를 손에 넣고 언제든지 손을 댈 수 있는 메이드를 두고 아들에게 검을 가르치면서 시골에서 문란하게 보내는 은거 생활.

어이, 부럽잖아. 최고의 엔딩 중 하나 아냐?

모 라이트노벨로 말하자면 루ㅇ즈랑 시ㅇ스터 양쪽에게 손을 대고도 무사한 거랑 같다.

나도 둔감남 같은 소리 말고 배워야 하지 않나…?

아니, 안 돼. 진정해. 그 가족회의가 끝날 때의 제니스의 시선을.

그런 시선을 받고 싶어?

아내는 한 명이면 충분하다.

"너, 너도 남자라면 알겠지?"

파울로는 계속 물고 늘어졌다. 알기야 알겠는데 동의는 하지 않았다.

"여섯 살짜리 아들이 뭘 안다는 말씀입니까?"

"아니, 너도 실피한테 침 발라놨잖아. 그 애는 장래에 미인이 될걸?"

그 점에는 동의하지 않을 수 없었다.

"그렇겠죠. 지금도 충분히 예쁘다고 생각하지만요."

"잘 아는군."

"그렇죠."

파울로는 문제 많은 사람이지만 이러니저러니 해도 말이 통했다.

나는 겉보기로는 꼬맹이지만 정신은 마흔을 넘은 니트족. 빼도 박도 못 하는 쓰레기다.

게임 안에서의 이야기지만 니사도 좋아했고 히렘도 좋아했다. 본질적인 부분으로는 난봉꾼인 파울로와 똑같을지도 모른다.

아니, 이야기가 맞는다고 생각하기 시작한 건 실피를 벗긴 사건부터였다.

그 사건 이후로 파울로 쪽에서 한 걸음 다가와서 친해진 듯했다. 내 약한 부분을 보여준 탓인지, 억지로 엄격한 아버지의 모습을 지키려 하지도 않게 되었다. 그도 성장한 것이다.

"후후후…."

힐끗 보니 파울로가 히죽히죽 웃고 있었다.

그 시선은 내가 아니라 내 뒤를 향하고 있었다. 돌아보니 실피가 서 있었다. 집까지 오는 일은 드문데.

잘 보니 살짝 얼굴을 붉히고 주저하는 모습이었다.

내 말을 들은 모양이다.

"자, 지금 그 말, 한 번 더 해 줘라."

파울로의 고전적인 놀림.

나는 흥 소리 내어 코웃음을 쳤다. 진짜 하나도 모르는군.

파울로도 아직 멀었다.

기분 좋은 말이라도 몇 번이나 들으면 익숙해지고 자극이 약해진다. 둔감한 척하면서 가끔씩 슬쩍 본심을 흘리듯이 말하는 게 효과적이다.

가끔씩 말이다. 두 번이나 말하면 안 된다.

그래서 나는 씨익 웃고 말없이 실피에게 손을 흔들었다.

애초에 실피는 아직 여섯 살이다. 그런 이야기를 하기엔 10년은 이르다.

지금 시기부터 귀엽다, 귀엽다 말해 주면서 맞춰 줘도 좋은 여자가 못 된다.

생전의 내 누나가 좋은 사례였다.

"저, 저기. 루디도, 저기… 멋지거든?"

"그래, 고마워. 실피."

하얀 이빨을 반짝 빛내며(그럴 생각으로) 빙그레 웃었다.

역시나 실피는 이런 때에 무슨 말을 해야 되는지 잘 안다. 살짝 올려다보는 그 시선에 자칫 진짜로 착각할 뻔했잖아. 실피를 예쁘다고 말한 건 본심이지만, 거기에 연애감정은 없다.

지금으로선.

"그럼 아버님, 나갔다 오겠습니다."

"덤불에서 덮치지 마라."

할까 보냐. 너도 아니고.

"어머님!! 아버님이—."

"우왓! 그만, 그만…!!"

오늘도 우리 집은 평화로웠다.

그 뒤로 얼마 지나서 제니스의 출산이 있었다.

고생이었다. 듣기론 애가 거꾸로 섰다나 보다.

리랴도 무거운 몸이라서 마을의 산파를 도우미로 불러왔는데, 그 할머니가 고생했다고 말했다. 그 정도의 난산이었다.

난산에는 시간이 걸려서 모자 모두 위험한 상황에 빠졌다.

리랴는 가진 지식을 총동원해서 필사적으로 움직였다. 나도 미력하나마 치유 마술을 계속 걸면서 거들었다.

그런 보람이 있어서 간신히 출산에 성공했다.

아기는 무사히 이 세계에 태어났고 건강한 울음소리를 내었다.

여자애였다. 여동생이다. 남동생이 아니라서 다행이다.

안도한 것도 잠시. 리랴에게 산기가 있었다.

모두 다 지쳐서 정신이 느슨해진 순간의 일이었다.

조산이라는 단어가 내 안에서 스쳤다.

하지만 이번에는 산파가 도움이 되었다. 거꾸로 선 아이에게는 대처하기 어렵지만, 조산 쪽은 경험이 있었다나 보다. 역시나 나이가 나이니까.

나는 즉각 할머니의 지시에 따랐다. 멍하니 있는 파울로의 엉덩이를 걷어차서 리랴를 내 방으로 데려갔다. 그 사이에 마술을 써서 뜨거운 물을 끓이고 깨끗한 천을 있는 대로 모아서 할머니에게 가져다주었다.

뒷일은 할머니에게 맡겼다.

아이가 태어난 순간 리랴는 기특하게도 파울로의 이름을 불렀다.

파울로는 땀투성이가 되면서 리랴의 손을 세게 잡아 주었다.

태어난 아이는 제니스의 딸보다는 작았지만, 그래도 씩씩한 울음소리를 내었다.

이쪽도 여자애였다.

둘 다 여아. 여동생이다.

양쪽 다 여자애라고 말하면서 파울로가 히죽히죽 웃었다.

팔불출이라고밖에 할 수 없는 얼굴. 이 얼굴을 보는 건 오늘만도 두 번째다.

그렇기는 해도 파울로가 불쌍하기 짝이 없었다. 우리 집의 여성 세력이 두 배가 되었다. 그런 상황에서 제일 아랫자리가 되는 건 누굴까.

메이드에게 집적대서 아이를 낳게 한 아버지겠지.

나는 존경받을 만한 멋진 오빠를 목표로 하지만, 파울로는 분명 존경받지 못한다.

제니스의 딸은 노른.
리랴의 딸은 아이샤.

그렇게 이름이 지어졌다.

제10화 성장 고민

일곱 살이 되었다.

두 여동생, 노른과 아이샤는 무럭무럭 자랐다.

오줌을 싸고 울고, 똥을 싸고 울고, 배가 고프면 울고, 아무튼 마음에 안 들면 울고, 마음에 들더라도 울었다.

밤에 우는 거야 당연하고, 아침에도 당연. 낮에는 더더욱 씩씩하게 응애응애.

파울로와 제니스는 순식간에 노이로제에 걸렸다.

다만 리랴만큼은 씩씩하게,

"이겁니다, 이거야말로 육아입니다! 루데우스 도련님 때는 너무 쉬웠습니다! 그런 건 진짜 육아가 아닙니다!"

그러면서 솜씨 좋게 두 아이를 돌보았다.

참고로 밤에 아이가 우는 거야 남동생 때 익숙해졌기에 나는 별로 신경 쓰지 않았다.

자랑은 아니지만, 남동생 때는 내가 돌본 경험이 있었다. 척척 기저귀를 교환하고 세탁이나 청소를 거들었다. 그런 나를 보고 파울로가 참으로 한심한 얼굴을 하였다.

이 남자는 전쟁 전의 일본 남자와 마찬가지로 집안일을 하나도 못한다.

검술 실력은 확실하고 마을 사람들에게서 신뢰도 매우 두텁지만, 아빠로서는 제몫을 못한다고 해도 좋다.

　둘째 애인데 말이지… 참나.

★　　★　　★

　이쯤에서 파울로의 명예를 회복하기 위해서라도 그의 장점을 이야기해 보겠다.

　나는 이 결점투성이, 인간으로서 어떻게 봐도 문제인 파울로를 인정하였다.

　왜냐면 강하기 때문이다.

　일단 파울로의 검술 계급.

　검신류 상급.

　수신류 상급.

　북신류 상급.

　세 가지 다 상급이다.

　상급을 따려면 재능 있는 자가 한 유파에 매진하여 10년 걸린다고 한다.

　상급은 검도로 말하자면 4단이나 5단 정도에 해당되는 듯하다. 중급이 초단에서 3단 사이고, 일반적인 기사라면 중급으로 한 사람 몫을 한다고 여겨진다. 성급이 되면 고단위라고 불리는 6단 이상의 실력이 필요한데 이건 일단 넘어가자.

　즉 파울로는 검도, 유도, 가라테에서 각각 4단의 실력을 가졌다.

그것도 전부 중간에 포기했는데 말이다.

문제투성이 어른이라고 생각하시만, 깅힘에 데히서는 보증수표가 붙었다. 게다가 아직 20대 중반인데도 무시무시하게 실전경험이 풍부했다.

경험에 바탕을 둔 말은 실로 교활하면서 실전적.

감각적이라서 절반도 이해할 수 없지만, 그래도 아주 지당한 소리를 하는 게 느껴졌다.

나는 2년 동안 파울로에게 검술을 배웠는데, 아직 초급의 영역을 넘지 못했다. 앞으로 몇 년 지나서 체력이 붙는다면 모르겠지만, 지금으로서는 아무리 머릿속으로 이미지트레이닝을 해도 파울로에게 이기는 광경이 떠오르질 않았다. 마술을 구사하고 책략을 부려도 전혀 이길 것 같지가 않았다.

파울로가 마물과 싸우는 모습을 본 적이 있었다.

정확하게는 나한테 구경시켜 주었다. 마물이 나왔다는 연락을 받았을 때 '싸움을 보는 것도 경험이 된다' 라면서 날 억지로 데리고 멀리서 지켜보게 했다.

분명히 말하지.

무진장 멋졌다.

상대한 마물은 네 마리.

훈련된 도베르만처럼 움직이는 개 같은 마물 '어설트 도그' 가 세 마리.

이족보행이고 팔이 네 개 있는 멧돼지 같은 마물 '터미네이트 보어'가 한 마리.

멧돼지가 개를 이끌고 다니듯이 숲 안쪽에서 나타났다.

파울로는 그 녀석들을 가볍게 상대해서 단방에 목을 날렸다.

다시금 말하지. 무진장 멋있었다.

뭐라고 할까, 아주 화려하게 싸운다. 보고 있자면 벌렁벌렁 두근두근, 신기한 리듬감이 있어서 기분이 좋았다.

말로는 표현하기 어려웠다. 구태여 단어를 들자면 카리스마다.

파울로의 싸움에는 카리스마가 있었다. 남자들에게 절대적인 신뢰를 받고, 제니스가 반하고 리랴가 몸을 허락하고 에트 부인이 열을 올리는 것도 납득이 갈 정도였다.

마을에서 안기고 싶은 남자 넘버원이다.

아니, 안기고 싶고 말고는 차치하고.

나는 그의 존재를 고맙게 생각했다. 나보다 강한 존재가 가까이 있다는 사실을.

혹시 파울로의 존재가 없었으면 나는 이 세계에서 간단히 뻐기고 들었겠지.

마술을 조금 잘 쓴다면서 마물에게 도전했다가 어설트 도그도 감당하지 못해서 무참하게 물려 죽었겠지.

어쩌면 마물이 아니라 사람.

잘난 척하다가 이기지도 못할 상대에게 싸움을 건다.

흔한 이야기다.

악당이라고 생각하고 처단하려다가 오히려 당한다든가.

이 세계의 검사는 상상을 초월할 정도로 끙하다.

마음만 먹으면 최고 시속 50킬로미터 정도로 달릴 수 있고 동체시력이나 반사 신경도 장난 아니다.

치유 마술 덕분에 간단히 죽지 않으니까 일격으로 숨통을 끊으려 든다.

마물이란 것이 존재하는 세계에서 인간은 이렇게까지 강해야만 하는가 싶을 정도로 강하다.

더군다나 그런 파울로조차도 아직 상급이다. 검사란 틀만 봐도 아직 더 위가 있다. 이 세계에서 유명한 사람들이나 마물 중에는 파울로가 떼로 몰려가도 못 이기는 상대가 여럿 존재한다.

위에는 위가 있다.

파울로는 그런 당연한 것을 가르쳐 준 고마운 존재다.

물론 아무리 장점이 있더라도 집에서는 그냥 문제투성이 아빠지만.

올림픽 금메달리스트라도 법을 어기면 범죄자인 것과 마찬가지다.

어느 날 나는 평소처럼 파울로에게 검술 지도를 받고 있었다.

파울로한테는 오늘도 못 이겼다. 분명 내일도 못 이기겠지.

최근 실력이 늘었다는 실감이 들지 않았다. 하지만 하지 않으면 늘지 않는다.

실감이 들지 않더라도 나의 피와 살이 될 테니까.

아마도.

그렇지? 되겠지?

그런 생각을 하는데 파울로가 갑자기 생각났다는 듯이 말했다.

"그렇지, 루디. 너 학교는….."

거기까지 이야기하다가 말을 끊었다.

"…필요 없나. 아무것도 아니다. 계속하자."

아무 일도 없었다는 듯이 목검을 들려는 파울로.

나는 흘려듣지 않았다.

"학교라는 게 뭔가요…?"

"학교란 말이지, 피트아령의 도시 로아에 있는 교육기관이다. 읽고 쓰기, 산술, 역사, 예의작법 등을 가르쳐 주지."

"들어본 적은 있습니다."

"보통 너 정도 나이가 되면 다니기 시작하는데…. 필요 없겠지? 넌 읽고 쓰기도 산술도 다 하잖아?"

"예, 뭐."

산술은 록시에게 배웠다는 걸로 되어 있었다.

딸이 둘이나 태어나서 재정적으로 다소 어려워졌다며 장부와 눈씨름을 벌이는 제니스를 도왔다가 크게 놀라게 했다. 또 천재라고 소동을 벌일 것만 같았기에 얼른 록시의 이름을 꺼냈나.

결과적으로 록시의 평가가 올라갔으니까 잘 된 걸로 하자.

"하지만 학교에는 흥미가 있습니다. 비슷한 또래의 아이가 모이죠? 친구가 생길지도 모르죠."

그렇게 말하자 파울로는 퉤 하고 침을 뱉었다.

"그렇게 좋은 곳도 아니거든? 예의작법 같은 건 딱딱하기만 하고 도움이 안 되고, 역사 같은 건 알아도 의미가 없고, 게다가 넌 분명히 괴롭힘당할 거다. 근처 귀족 자제들이 모이는데, 자기가 최고가 아니면 성이 안 차는 놈들투성이야. 너 같은 애가 있으면 무리 지어서 괴롭히고 들겠지. 후작을 아버지로 둔 나보다도 신분이 낮은 너 따위가 건방져! 라면서 말이다."

어째 체험담 같은 이야기다.

파울로는 엄격한 아버지와 귀족의 더러움에 염증을 내며 집을 뛰쳐나왔다고 했다.

예의작법이나 역사 같은 것도 아슬라 귀족의 허영이 잔뜩 묻은, 아주 답답한 것이겠지.

파울로와 죽이 맞는 나한테도 분명 답답할 게 틀림없다.

"그런가요. 귀족 아가씨 중에 예쁜 애가 있을 줄 알았는데요."

"그만둬, 그만둬. 귀족 집안 딸은 말이지, 덕지덕지 화장하고 뼈 빠지게 머리를 매만지고 달달한 냄새를 풍풍 풍겨대는데,

막상 침대에서 벗겨 놓고 보면 운동이라곤 하나도 안 했으니까 완전히 풀어진 몸이야. 뭐, 개중에는 검술 같은 걸 즐겨서 제법 괜찮은 몸인 애도 있지만, 대개는 코르셋으로 속이니까 벗기기 전까지는 몰라. 이 아버지도 몇 번이나 속았다…."

시선을 흐리면서 늘어놓는 파울로의 말에는 묘한 신뢰성이 있었다.

말하는 내용 자체는 좀 많이 그렇지만, 그런 경험을 거치면서 제니스라는 좋은 아내를 두었다고 생각하면 함축된 바가 많은 말일지도 모른다.

"그럼 학교에 가는 건 그만두겠습니다."

실피에게도 가르쳐 주고 싶은 게 아직 많았다.

애초에 괴롭힘당할 걸 알면서 가는 건 제정신이 아니다.

과거에 괴롭힘 때문에 20년이나 틀어박혀 살아온 몸이라고.

"그래. 학교에 갈 정도면 모험가가 되어서 미궁에 들어가는 편이 낫지."

"모험가라고요…?"

"그래, 미궁은 좋아. 화장하는 여자 같은 것도 없으니까 예쁜지 아닌지 한눈에 알지. 검사도 전사도 마술사도 다들 단련되어 좋은 몸을 하고 있고."

이 인간의 발언은 일단 좀 제쳐두고.

책을 보니 미궁이란 것은 일종의 마물인 모양이다.

애초에는 단순한 동굴이었던 것에 마력이 모이면서 변이가 일어나고 미궁으로 변모한다.

미궁의 최심부에는 힘의 원천이라고 할 만한 마력결정이 있고, 그걸 지키기 위한 수호자가 있다.

마력결정은 미끼이기도 해서 끔찍한 유인력을 띤다.

마물은 거기에 끌려들어서 미궁에 들어가 덫에 걸리거나 굶어죽거나 마력결정을 지키는 수호자에게 당하거나 해서 죽는다.

미궁은 죽은 마물의 마력을 흡수한다.

물론 갓 생긴 미궁은 오히려 마물에게 마력결정을 빼앗기거나 가끔씩 붕괴해서 없어지거나 한다나.

그런 얼빠진 부분을 들으면 또 생물 같다는 느낌이었다.

또 마력결정에게 이끌리는 것은 마물만이 아니다.

인간도 우글우글 모여든다.

마력결정은 마술의 촉매로 사용되기 때문에 보통 비싼 가격으로 거래된다. 크기에 따라 다르지만, 작더라도 1년 이상은 놀고먹을 수 있는 돈이 된다. 마물에게 보물은 마력결정뿐이지만, 인간에게는 꼭 그것만이 아니다.

미궁은 시간이 흐르면 여태까지 먹은 마물이나 모험가의 장비에 몇 년에 걸쳐서 마력을 주입한다.

그렇게 해서 새로운 미끼를 만든다.

그것이 마력부여품이다.

마력부여품은 마도구와 달리 사용자가 마력을 쓰지 않더라도 이용할 수 있는 마법의 도구인 모양이다. 다만 마력부여품에는 보통 제대로 된 능력이 붙지 않는다.

대부분이 쓰레기나 마찬가지다.

하지만 그중에서도 이따금씩 신급의 사람들도 기겁할 만한 사기급 능력이 붙은 게 있다는 모양이다.

그런 걸 팔면 거금이 되니까 일확천금을 꿈꾸는 사람들은 미궁에 들어간다.

대개는 도중에 힘이 다해서 죽고, 미궁은 마력을 얻어 깊고 넓어진다.

그리고 오랫동안 존재한 미궁 안에는 막대한 양의 보물이 잠들게 된다.

확인된 것 중에서 가장 오래되고 깊은 것은 중앙대륙의 적룡산맥의 영봉, 용명산의 기슭에 있는 '용신공'이다. 문헌에 따르면 1만 년 전부터 있었다는 모양이다. 추정되는 최하층은 2,500층. 그 미궁은 용명산 정상에 있는 구멍과 이어진 모양이라서, 정상에서부터 구멍을 향해 뛰어내리면 단숨에 최하층 근처까지 갈 수 있다지만 그 방법으로 내려가서 다시 돌아온 사람은 없었다.

참고로 그 정상의 구멍은 분화구가 아니다.

'용신공'이 레드드래곤을 붙잡아서 포식했기 때문에 생긴 것이다.

용이 위를 통과할 때 빨아들였다나 보다.

진위 여부는 확실치 않지만, 1만 년이나 산 마물이라면 그 정도는 해도 이상하지 않다.

참고로 가장 난이도가 높다고 일컬어지는 미궁은 천대륙에 있는 '지옥'과 링스해의 중앙에 있는 '마신굴'이다. 양쪽 모두 입구에 도달하기가 힘들고 제대로 보급도 할 수 없는 장소에 있다. 깊은 데나가 차분하게 탐색할 수도 없어서 최고 난이도인 것이다.

이상이 내가 미궁에 대해 아는 지식이다.

"미궁 이야기는 책에서 읽었습니다."

"『세 검사와 미궁』인가. 그런 식으로 전설의 미궁을 탐색하면 역사에 이름이 남지. 한 번 노력해 보면 어떻겠나?"

세 검사와 미궁.

후에 검신, 수신, 북신이라고 불리게 되는 젊은 천재 검사들이 만나서 우여곡절 끝에 셋이서 거대 미궁에 도전하여, 싸움이 있고 웃음이 있고 우정이 있고 작별이 있는 전개 끝에 멋지게 답파하는 이야기다.

거기서 들어가는 미궁도 고작해야 지하 100층이다.

"그건 지어낸 이야기가 아니었나요?"

"그렇지 않아. 현재 각 유파에게 대대로 전해지는 검은 그 미궁에서 입수한 것이고 하지."

"헤에. 하지만 신급이 될 정도로 강한 사람이 고생했는데, 제가 노력한다고 해도 빤하지 않나요."

"아버지도 들어갔다. 루디도 할 수 있어."

파울로는 그 뒤로 해어족의 소굴이 된 미궁에 인간 검사들과 함께 도깨비족 청년이 들어가서 동료를 잃으면서도 해어족을 쓰러뜨리는 이야기라든가, 낙제생이라고 불리던 마법사가 우연히 미궁에 떨어졌다가 마침 마법사를 잃은 파티와 만나게 되면서 그 잠재능력을 각성시켜서 강해지는 이야기 같은 것을 단번에 들려주었다.

말할 기회를 기다리고 있었던 듯한 기색이었다.

그러고 보면 파울로는 나를 검사로 키우고 싶었다고 했다.

아마 그런 이야기를 들려주거나 『세 검사와 미궁』을 읽어 주면서 미궁, 모험가, 검사라는 키워드에 동경을 품게 하려는 생각이겠지.

미궁. 흥미는 있다.

재미있을 것 같기도 하지만 너무 위험할 것도 같았다.

사실 그 책에 나오는 등장인물은 갑작스럽게 죽는다.

『세 검사와 미궁』에는 세 검사 이외의 등장인물도 나온다.

하지만 세 검사 이외에는 전멸한다.

대화하는 도중에 옆에서 날아온 불구슬을 맞고 숯덩어리가 되거나. 갑자기 함정에 떨어져서 박살이 나거나. 고개를 든 순간 두 동강이 나거나 마물과의 싸움에서 상처 하나 입지 않는 녀석들이 잠깐 마음을 놓은 순간에 덫에 걸려 전멸한다.

세 검사는 주인공답게 덫을 멋지게 간파하지만, 실수쟁이인 내가 덫을 전부 피할 수 있을 것 같지는 않았다. 둔감한 쪽이고.

"어때? 모험가도 재미있을 것 같지?"

"그런 말씀 마세요."

왜 일부러 스릴을 찾아서 위험천만한 일을 해야 할까.

가능하면 장래에는 파울로처럼 여자한테 둘러싸여서 느긋하게 살 거다.

"저는 여자꽁무니를 쫓아다니는 쪽이 성미에 맞습니다."

"오오, 역시나 내 아들."

"아버님처럼 여럿에게 둘러싸이는 게 이상입니다."

"그래, 그래. 하지만 쫓아다닐 엉덩이는 하나만 두는 게 좋다."

뒤쪽을 가리키기에 돌아보니까 샐쭉해진 얼굴의 실피가 있었다.

타이밍이 안 좋았다.

최근에는 내 방에서 실피에게 공부를 가르쳐 주는 일이 늘어났다.

무영창의 사소한 이론을 설명하려면 수학이나 이과의 기초를 가르쳐 주는 편이 손쉽기 때문이다.

물론 나는 중학생 때 공부를 포기했고, 간신히 들어간 똥통 고등학교도 일찌감치 중퇴하였다.

그러니 내가 가르쳐 줄 수 있는 거라곤 빤했다.

학교에서 배우는 게 전부는 아니지만, 더 공부해 뒀으면 하는 마음에 분하기도 했다.

실피는 간단한 읽고 쓰기와 두 자릿수의 곱셈까지 할 수 있게 되었다. 구구단을 가르치는 건 조금 힘들었지만, 머리가 나쁜 애는 아니니까 나눗셈도 금방 배우겠지.

또한 마술과 병행해서 이과도 가르쳤다.

"왜 물을 데우면 수증…기? 가 돼?"

"으음, 공기는 물이 녹은 거야. 하지만 녹으려면 온도가 필요해. 그러니까 데우면 데울수록 녹기 쉬워져."

지금은 증발, 응고, 승화라는 과정에 대해 가르치고 있다.

"……?"

잘 모르겠다는 얼굴이었다.

그렇기는 해도 솔직한 아이라서 그런지 흡수가 빨랐다.

"뭐, 어떤 거든지 데우면 녹고, 식히면 굳는다고 생각하면 돼."

교사도 아니니까 이 정도가 한계였다.

실피는 나보다 똑똑하다. 자기가 여러모로 시험하고 납득하겠지. 마술을 쓰면 실험도구에 부족함도 없을 테고.

"돌 같은 것도 녹일 수 있어?"

"엄청 높은 온도가 필요하지만."

"루디는 할 수 있어?"

"물론."

그렇게 말했지만 시험해 본 적은 없었다.

최근에는 노력하면 대기 성분을 대충 분리할 수 있게 되었다. 그걸 이용해서 산소와 수소를 팍팍 투입하면 돌 정도는 어떻게 할 수 있겠지. 그러면 나도 화상을 입을 것 같으니까 하고 싶진 않지만.

참고로 '마그마 가슈'라고 해서 용암을 만드는 상급마술도 있다.

아무리 봐도 흙과 불의 합성 마술이지만, 불 계통의 상위에 위치한다. 한 마디로 계통이라고 해도 모든 것은 서로 관계가 있다. 화력을 올리려면 마력을 더 담으면 되지만, 가연성 기체를 이용하면 더 효율 좋게 고화력을 실현시킬 수 있다.

거기까지는 안다.

하지만 거기까지였다.

내 마술 실력은 록시와 헤어졌을 무렵과 비교해 큰 차이가 없었다.

기존의 마술을 조합하거나 사용법을 유용하거나 이과 지식을 사용하여 단순히 위력을 올리거나.

언뜻 봐선 나름대로 레벨업한 것처럼도 보이겠지.

하지만 나는 한계에 부딪친 것을 느꼈다. 내 지식으로는 이 이상 어려운 것은 못 할지도 모른다. 생전에는 문제가 생기면 인터넷으로 조사했는데, 이 세계에 그렇게 편리한 것은 없었다.

누구한테 배울까….

"학교라…."

마술학교란 것도 있는 모양이었다. 록시는 마술학교의 격식이 이렇다 저렇다 말했지만, 나도 받아들여 줄까?

"루디, 학교에 가?"

내 혼잣말에 실피가 엿보듯이 불안한 표정으로 내 얼굴을 바라보았다.

그녀가 고개를 갸웃거리자 녹색 머리칼이 가볍게 흔들렸다.

내가 한 달에 한 번 꼴로 '머리 기르는 편이 좋지 않을까?' 라고 슬쩍슬쩍 말한 보람이 있어서 최근 실피는 머리를 기르기 시작했다.

지금 길이는 쇼트보브 정도지만, 살짝 뻗친 느낌의 에메랄드 그린색 머리카락은 자잘한 동작에서 가볍게 흔들린다.

좋은 느낌이다.

포니테일까지 얼마 안 남았다.

"갈 생각은 없어. 아버님도 학교에 가면 괴롭힘당할 뿐이지, 배울 게 없다고 그러셨고."

"하지만 루디, 요즘 또 이상해."

진짜?

이상하다는 자각은 없었다. 무심코 뭘 저질렀을까?

실피의 앞에서는 세심한 주의를 기울이며 둔감한 척할 생각인데.

"나는 태어났을 때부터 이상한가 봐."

슬쩍 미끼를 던지듯이 물어보자, 실피는 눈썹을 찌푸리며 고개를 갸웃거렸다.

"그게 아니라 뭐랄까, 기운이 없어…."

아, 그런 의미인가.

휴우, 뭔가 실수했나 싶어서 움찔했네.

걱정해 주는 거구나.

"최근 한계에 부딪쳤으니까. 마술도 검술도 잘 안 늘어."

"하지만… 루디는 대단하잖아!"

"이 나이치고는 그럴지도."

분명히 이 세계, 이 나이로서는 대단할지도 모른다.

하지만 아직 나는 아무것도 하지 않았다. 마술도 생전의 기억과 처음부터 무영창이란 걸 깨달았던 덕분에 남들보다 조금 더 잘할 뿐이었다.

하지만 생전의 기억부터 수준이 낮으니까 벽에 부딪쳐서 전진하지 못하고 있다. 더 공부할걸 그랬다고 몇 번이나 후회했지만, 이제 와서 다시 공부할 수도 없다. 게다가 예전 세계에서의 상식이 이 세계에서도 통용된다고 할 수만은 없었다. 이 세계에는 내가 모르는 법칙이 더 있을지도 모른다. 언제까지고 생전의 기억에만 의지해선 안 되겠지.

마술은 이 세계의 이론.

그럼 이 세계에 대해 배워야 한다.

"슬슬 뭔가 다음 단계로 나아가지 않으면 안 된다고 생각해."

실피는 점점 마술이 늘고 똑똑해졌다.

그런 그녀를 보고 있자면 초조해지기도 했다. 나만 제자리걸음이라니 한심하다.

지금은 내려다보면서 둔감남 주인공이네 하지만, 성장이 없으면 실피에게 버림받을지도 모른다.

"어디 가게?"

실피는 눈썹을 찌푸리면서 물었다.

"그래. 아버님은 모험가가 되어서 미궁에라도 들어가는 편이 좋다고 그러시고, 이 마을에서 할 수 있는 것은 별로 없을지 몰라…. 학교에 갈지 모험가가 될지, 둘 중 하나로 할까."

가벼운 기분으로 말했다.

"아… 안 돼!"

그러자 실피가 갑자기 소리치며 안겨들었다.

어어? 뭐, 뭐, 뭐야?

사랑의 고백?

그런 줄 알았는데 실피는 바들바들 떨고 있었다.

"시, 실피, 에트?"

"아, 아, 안 돼… 싫어!!"

실피는 아플 정도로 나를 세게 껴안았다.

당혹스러워서 침묵한 내게 실피는 뭘 느꼈을까….

"가, 가, 가지 마…. 우우, 우, 우에에엥."

울기 시작했다.

작은 어깨를 크게 떨면서 내 가슴에 얼굴을 밀어붙이듯이 안겨들었다.

…뭐지, 뭐야? 이거 뭐야? 어떻게 된 거야?

아무튼 실피의 머리를 쓰다듬어 주고 등을 쓸어 주었다.

내친 김에 엉덩이를 슬쩍… 아니, 아니, 파울로도 아니고 이건 아니지.

엉덩이는 자제.

등을 꼭 껴안으며 온몸으로 실피의 감촉을 맛보았다.

따뜻하고 부드럽다. 머리칼에 얼굴을 파묻자 좋은 향기가 났다.

아아, 좋구나, 이거. 좋아… 계속 이러고 싶다….

"흑, 싫어, 어디에도, 가지 마…."

정신이 들었다.

"으, 응…."

그래, 그렇구나.

최근 실피는 오전부터 우리 집에 오는 일도 많아졌다.

오전 중에 와서 기쁜 얼굴로 내 검술 연습을 구경하고 둘이서 마술 연습을 하거나 공부를 한다.

그런 생활을 보내왔다.

내가 어느 날 없어지면 실피는 또 외톨이가 된다. 마술로 못된 아이들을 퇴치할 수는 있어도 친구가 생기는 건 아니다.

그렇게 생각하는 동시에 내 안에서 급속하게 사랑스러움이 커졌다.

나만이 그녀에게 사랑받는다.

그녀는 나만의 것이다.

"알았어, 알았어. 어디에도 안 가."

이런 애를 내버려두고 어디를 가겠단 말이지?

마술의 숙달?

괜찮잖아, 벌써 성급도 상급도 쓸 수 있으니까. 여차하면 록시처럼 가정교사라도 하면 되지. 독립할 수 있는 나이가 될 때까지 실피랑 둘이서 있자.

그러자.

둘이서 함께 성장하며 조금씩 내 취향의 여자로 키우자.

히카루 겐지* 계획이다.

헤헤헤헤헤.

…헛!

아니, 아니!! 진정해, 진정해.

둔감남이 되겠다고 결심했잖아.

왜 또 그런 생각을 하는 거야….

아니, 하지만.

딱히 둔감이라고 해서 소꿉친구를 그런 식으로 키우면 안 된다는 이유는, 안 되…지?

하지만… 끄으. 나는 대체 언제까지 이 아이의 마음을 모르는 척해야만 하는 걸까.

이 아이는 아직 여섯 살.

나를 잘 따른다. 호의도 느낀다.

하지만 진정한 의미의 연애 감정은 아닐 터이다.

그렇다면 다음으로 미루자.

하지만 대체 언제까지 미뤄두면 되지?

※히카루 겐지 : 11세기 경에 쓰여진 일본 장편 소설 『겐지모노가타리』의 주인공. 어린 소녀를 데리고 와 이상형에 맞게 키운 뒤, 소녀가 성인이 되었을 때 부인으로 맞아들였다.

열 살? 열다섯 살… 아니, 더 나중인가…?

그 결과 실피가 날 싫어하게 되면 어떻게 하지?

지금은 호감노 맥스시만, 앞으로 떨이지지 않으리라고 장담할 수 없다.

그때 나는 버틸 수 있을까…?

나로서는… 무리다!!

인간에겐 가능한 것과 불가능한 것이 있다!!

아니, 이렇게 부드럽고. 따뜻하고. 푹신하고. 좋은 향기가 화악 나잖아.

이렇게 자기 마음을 필사적으로 표현해 주는데 나는 계속 모른 척할 생각인가!!

그런 건 이상하잖아?

서로 자각했다면 다음으로 가야하잖아.

나만 참고 멈춰서는 게 아니라 함께 나아가야 하잖아!!

잘못된 노력으로 시간을 낭비할 생각이야?

잘못되었다고 알면서도 고치지 않을 생각이야?

결정했어!!

나는 실피를 내 취향의 여자로 키운다!!

나, 나는 **둔감남**을 그만두겠다!! 실피!!

"어이, 루디…. 너한테 편지가 왔다."

파울로가 들어왔기에 나는 내 '세계'에서 돌아왔다.

재빨리 실피를 떼어놓았다.

아슬아슬했다. 자칫하면 쪼잔한 느낌의 라스트보스가 될 뻔했다.

파울로에게 감사하자.

하지만 본심을 참는 것에는 한계가 있다.

이번에는 버텨냈지만 다음엔 버틸 수 있을까….

편지는 록시에게서 온 것이었다.

〈루디우스에게.

잘 지냈습니까.

벌써 당신과 헤어진 지 2년이 지났습니다.

조금 안정되었기에 편지를 씁니다.

저는 현재 시론 왕국의 왕도에 머물고 있습니다. 모험가로 미궁을 탐험했더니 어느 틈에 이름이 알려졌는지 왕자님의 가정교사로 고용되었습니다.

왕자님에게 공부를 가르치고 있으면 그레이랫 가문에서의 나날이 떠오릅니다.

왕자님은 루데우스와 많이 비슷합니다. 루데우스만큼은 아니지만 마술 재능은 발군이고 머리도 좋습니다. 또 제가 옷 갈

아입는 걸 엿보는 점이나 팬티를 훔치는 점도 똑같습니다. 루데우스와 달리 기운 넘치고 거만하지만, 행동은 정말로 비슷합니다.

영웅호색이라고 하던가요.

고용 기간 중에 덮치려는 게 아닐까 걱정됩니다.

이렇게 궁상맞은 몸의 어디가 좋은 건지….

아니, 이런 걸 썼다가 들키면 불경죄가 될까요…?

그때는 어떻게든 되겠죠. 악담으로 한 말이 아니니까 둘러댈 수 있습니다.

기간한정이지만, 왕궁은 저를 궁정마술사로 임명할 생각인 모양입니다.

저는 아직 마술 연구를 더 하고 싶은 심정이니 잘 되었습니다.

그렇죠, 드디어 저도 수왕급 마술을 쓸 수 있게 되었습니다.

시론 왕국의 서고에 수왕급 마술에 관한 서적이 있었습니다.

성급을 쓸 수 있게 되었을 때에는 이 이상은 무리라고 생각했지만, 노력은 하고 볼 일이군요.

루데우스는 수제급 정도 쓸 수 있게 되었을까요. 아니면 다른 계통을 성급까지 쓸 수 있게 되었을까요. 당신은 열심히 노력하니까 치유 마술이나 소환 마술에도 손을 댔을지도 모르겠군요.

아니면 검의 길을 걷기 시작했을까요.

그건 그거대로 아쉽지만, 루데우스라면 그쪽 길로도 잘 해내겠지요.

저는 수신급 마술사를 목표로 하고 있습니다.

전에도 말했지만, 마술에서 한계에 부딪치거든 라노아 마법대학의 문을 두드려 보세요.

소개장이 없을 경우는 입학시험을 치뤄야 하지만, 루데우스라면 간단하겠죠.

그럼 이만.

록시가.

추신　혹시나 답장이 도착할 무렵이면 저는 왕궁에 없을지도 모르니까 보내지 않아도 됩니다.〉

현황에 못을 박는 듯한 내용이었다.

나는 분한 마음으로 시론이란 곳을 지도로 찾아보았다.

중앙대륙 남부에서 동쪽에 있는 소국이었다.

직선거리라면 그리 멀지 않다. 하지만 이 중앙대륙의 산맥에는 레드드래곤이 살아서 통행이 불가능하니까 산을 크게 우회해서 남쪽으로 가야만 한다.

먼 나라다.

그리고 마법대학이 있는 라노아는 북서쪽으로 크게 우회해야 갈 수 있다.

"흠…."

록시는 왕급 이상의 마술에 대해서는 일절 가르쳐 주지 않았는데….

그래, 몰랐던 건가.

편지에는 별 지장 없는 내용의 답장을 보내기로 했나.

한심한 지금 상황을 록시에게 알리고 싶지 않았다.

그녀의 마음속에서 내가 얼마나 대단한 사람이 되어 있는지
는 모르겠지만 낙담시키고 싶지 않았다.

그렇기는 해도 마법대학이라.

록시는 이전에도 그곳은 훌륭하다고 말했다.

하지만 멀다.

실피를 두고 갈 순 없다.

어쩐다….

아무튼 나는 편지 제일 끝에,

〈추신 팬티를 훔쳐서 죄송합니다.〉

라고 덧붙여 두었다.

편지가 온 그 다음날, 가족이 모였을 때 나는 말을 꺼냈다.

"아버님. 한 가지 무리한 고집을 부려도 되겠습니까?"

"안 돼."

일축당했다.

그런 줄 알았는데 옆에 앉았던 제니스가 파울로의 머리를 찰

싹 때렸다. 반대편에 앉은 리랴도 한 대 먹었다.

임신 소동 이후로 리랴도 같은 식탁에 앉게 되었다. 여태까지는 메이드답게 식사 중에는 시중을 들었는데, 가족으로 인정받았다는 뜻이겠지.

이 나라는 일부다처라도 괜찮은 걸까.

뭐, 아무튼 좋아.

"루디. 뭐든지 말해 보렴. 아빠가 어떻게든 해 줄 거야."

머리를 누르는 파울로를 무시하고 제니스가 다정하게 말했다.

"루데우스 도련님은 여태까지 응석 같은 걸 부리신 적 없었습니다. 여기선 주인님의 위엄과 무게감이 시험받는 순간이라고 생각합니다."

리랴도 원호해 주었다.

파울로는 다시금 의자에 고쳐 앉더니 팔짱을 끼고 턱을 기울여서 아주 잘난 듯한 포즈를 만들었다.

"루디가 그런 전제부터 깔고 하는 말이라면, 분명히 내 손에 부칠 만큼 엄청난 일일 게 틀림없어."

다시금 2연타를 얻어맞아 파울로는 테이블에 벌렁 고개를 처박았다.

항상 있는 가족들의 사소한 장난이다.

그럼 슬슬 다시 시작해 볼까.

"실은 최근 마술 습득이 한계에 부딪쳤습니다. 그래서 라노아의 마법대학에 입학하고 싶습니다만…"

"…호오."

"실피에게도 그런 이야기를 슬쩍 했더니 헤어지기 싫다고 울었습니다."

"호오, 여자를 울리다니. 누굴 닮은 거냐? 아앙?"

파울로가 세 번째로 2연격을 맞았다.

"이왕이면 함께 다니고 싶습니다만, 실피네 집은 우리 집만큼 유복하지 않습니다. 그러니까 2인분의 학비를 내주십사, 하고 부탁드립니다."

"호오…."

파울로가 테이블에 팔을 올리고 어디의 사령관처럼 날카로운 눈빛으로 날 노려보았다.

이것은 검을 들고 있을 때의 눈이다.

파울로를 유일하게 존경할 수 있는 순간의 눈이다.

"안 돼."

파울로는 아까와 똑같은 말을 내뱉었다.

이번에는 진지했다.

제니스도 리랴도 침묵했다.

"이유는 세 가지 있다.

첫 번째는 검술이 어중간하다. 지금 내던지면 두 번 다시 검을 배울 수 없을 레벨로 어중간해져. 네 검술 스승으로서 여기서 놓아줄 순 없다.

두 번째는 돈 문제다. 너만이라면 어떻게든 되는데, 실피도 함께라면 무리다. 마법대학 학비는 싸지 않고, 우리도 돈이 물처럼 있는 게 아냐.

세 번째는 나이 문제다. 너희는 아직 일곱 살이야. 너는 똑똑한 애지만 아직 모르는 것도 많지. 경험도 압도적으로 부족해. 부모로서의 책임을 방치하고 보낼 수는 없다."

역시 무리인가.

하지만 나는 포기하지 않았다.

파울로도 예전과는 달리 제대로 머리를 써서 이유를 말해 주었다. 즉 세 가지 조건을 클리어하면 오케이란 뜻이다. 서두르지 않아도 된다. 나도 지금 당장 어떻게 해달라는 건 아니다.

"알겠습니다, 아버님. 그럼 검술 연습은 여태까지처럼 하는 걸로 하고, 나이 쪽은 몇 살 정도까지 참으면 되겠습니까?"

"그렇군…. 열다섯, 아니, 열두 살까지는 집에 있어라."

열두 살인가.

분명히 이 나라에서 성인은 15세였던가.

"왜 열두 살인지 여쭤도 될까요?"

"내가 집을 뛰쳐나간 게 열두 살이었으니까."

"과연, 알겠습니다."

열두 살이란 파울로에게 양보할 수 없는 선이겠지.

남자의 자존심을 자극하지 않기 위해서라도 나는 얌전히 고개를 끄덕였다.

"그럼 마지막으로."

"음."

"일을 알선해 주세요. 읽고 쓰기, 산술은 할 수 있으니 가정

교사, 아니면 마술사 쪽 일이라도 좋습니다. 가능한 수당이 많은 게 좋습니다."

"일? 왜지?"

파울로는 진지한 눈으로 을러대듯이 물었다.

"실피 몫의 학비를 제가 벌겠습니다."

"…그건 실피를 위한 일이 아니다."

"예. 하지만 저를 위한 일이지요."

"……."

침묵이 찾아왔다.

나로서는 기분 좋지 않은 분위기였다.

"그래…. 그렇군…."

파울로는 뭔가 납득한 것처럼 고개를 끄덕였다.

"알았다. 그런 거라면 짚이는 데를 찾아보마."

제니스와 리랴의 불안한 표정과는 달리 파울로는 신뢰할 수 있을 때의 얼굴로 그렇게 말했다.

"감사합니다."

내가 그렇게 말하고 고개를 숙인 뒤 저녁식사가 재개되었다.

★ 파울로 시점 ★

설마 루데우스가 그런 말을 꺼낼 줄은 생각도 못 했다.

내 아들은 성장이 빠르다.

그렇다고는 해도 보통 그런 말을 꺼내는 건 일러야 열네다섯 살이 넘은 뒤다.

나도 열한 살에 검신류 상급이 되었을 무렵부터였다.

그런 말을 못 하는 녀석은 평생 못 한다.

"너무 급하게 살면 일찍 죽는다…였지…."

예전에 나한테 그런 말을 해 준 검사가 있었다.

당시 나는 그런 말을 듣고 코웃음을 쳤다.

주위 녀석들은 너무 느긋하게 산다. 인간에게 힘이 있는 시간은 짧은데 아무도 뛰려고 하지 않는다. 가능할 때에 가능한 일을 모두 한다. 행동에 벌을 받는다면 그때는 그때라는 식으로 생각했다.

뭐, 가능한 일을 했더니 결과적으로 여자와 자식이 생겼기에, 생활을 안정시키기 위해서 모험가를 은퇴하고 귀족일 때 친척의 연줄로 기사가 되었지만.

그건 둘째 치고.

루데우스는 나보다 더 이르다.

보고 불안해질 정도다.

분명 젊었을 적의 나를 봐 온 사람들도 그렇게 생각했겠지.

하지만 마구잡이로 일을 저지르고 다니던 나와는 달리 루데우스는 확실히 계획적으로 일을 생각한다.

이런 쪽은 제니스의 피일까.

"하지만 조금 더 아버지가 붙들고 있어야겠다."

그렇게 생각하며 편지를 썼다.

지난번에 롤즈도 의논을 해 왔는데, 실피는 루데우스에게 찰

싹 붙어다닌다.

실피 입장에서 보자면 루데우스는 지옥 같은 어린 시절을 구해준 백마 탄 왕자님이다. 뭐든지 가르쳐 주니까 오빠처럼 따르고, 최근에는 이성으로도 의식하게 된 모양이다. 롤즈도 장래에 루데우스가 데려가 준다면 더할 나위 없다고 말했다.

나도 그때는 저렇게 귀여운 애가 며느리가 된다면 그것도 괜찮겠다고 생각했는데, 오늘 루데우스의 이야기를 듣고 생각을 고쳐먹었다.

지금 상황은 세뇌에 가깝다.

이대로 성장하면 실피는 루데우스 없이 아무것도 할 수 없는 어른이 된다.

그런 녀석은 귀족 시절에 몇 명이나 보았다.

부모에게 너무 의존한 꼭두각시인형 같은 놈들이다.

그래도 의존대상이 있을 때는 낫다.

꼭두각시인형이라도 조종하면 재미있는 인형극을 할 수 있다. 루데우스가 실피를 사랑하는 한은 그 아이도 괜찮다.

하지만 루데우스는 내 피를 진하게 이었다.

여자를 밝히는 피다.

다른 여자에게 알랑댈 가능성도 있겠지. 아니, 내 피를 이었으면 틀림없이 그럴 거다.

결과적으로 실피를 택하지 않을지도 모른다.

그때 남겨진 실피는 다시 일어설 수 없다. 실이 끊어진 꼭두각시인형은 결코 일어설 수 없다.

우리 집 아들 때문에 저렇게 귀여운 애의 인생이 박살난다.
그렇게 둘 순 없다. 아들을 위해서라도 좋지 않다.

편지를 다 썼다.
좋은 소식이 돌아오기를 빌자.
하지만 말이지.
번지르르하게 말도 잘하는 아들을 어떻게 설복시킨다….
아예 힘으로 할까?

제11화 이별

아르바이트를 하고 싶다고 파울로에게 말한 지 한 달이 경과했다.
오늘 파울로에게 편지가 도착했다.
슬슬 답변이 오겠다 싶어서 마음의 준비를 하고 기다렸다.
검술 연습 후나 점심식사, 아니, 저녁식사 때일지도 모른다.
그렇게 생각하면서 평소처럼 진지하게 검술 연습에 임했다.

이야기는 검술 연습 도중에 나왔다.
"어이, 루디."

"예, 뭔가요, 아버님?"

가능한 한 빠릿한 얼굴을 명심하면서 파울로의 말에 귀를 기울였다.

생전을 포함해 처음으로 하는 일이다.

힘내자.

"너… 말이지. 실피랑 헤어지라고 하면 어쩔 거냐?"

그런데 파울로는 이상한 소리를 꺼냈다.

"예? 당연히 싫겠지요."

"그렇겠지."

"왜 그러세요?"

"아니, 아무것도 아니다. 말해 봤자 어차피 또 이런저런 식으로 넘어갈 뿐이겠지."

그 말을 한 순간.

파울로가 표변했다.

아무것도 모르는 나도 알 만큼 살기를 드러냈다.

"어?!"

"……!!"

말없는 압력과 함께 파울로가 다가왔다.

죽음.

그런 단어가 뇌리에 스쳤다.

나는 반사적으로 마력을 전개하여 파울로에게 맞섰다.

바람과 불의 마술을 동시에 사용해서 파울로와의 사이에 폭풍을 발생시켰다.

나는 뒤로 뛰었다. 열기에 밀려나듯이 크게 후퇴했다.

여태까지 몇 번이나 시뮬레이션했나.

파울로를 상대로는 일단 거리를 벌리지 않으면 승산이 없다.

폭풍은 내게도 대미지가 있지만, 움츠리게만 할 수 있으면 거리를 벌릴 수 있다.

파울로는 폭풍 따윈 없다는 듯이 몸을 앞으로 숙이고 계속 돌진해 왔다.

'역시 효과가 없어!!'

상정했다고는 해도 초조해졌다.

다음 회피행동을!

뒤로는 안 된다. 치고 드는 파울로 쪽이 빠르다.

반사적으로 그렇게 생각하고 내 바로 옆으로 충격파를 내동댕이치듯이 발생시켰다.

한 대 얻어맞은 듯한 충격과 함께 내 몸이 옆으로 날아갔다.

등골이 서늘해지는 바람 가르는 소리가 귀를 스쳤다.

딱 내 목이 있었을 자리를 파울로의 검이 지나가는 게 눈에 들어왔다.

좋아.

첫 공격은 피했다. 이건 크다. 아직 가깝지만 거리도 벌릴 수 있었다.

내 승리가 보였다.

나는 다시금 내 쪽을 향해 발을 내디디려는 파울로의 발밑을

함몰시켰다.

파울로가 함정을 밟았다.

그렇게 생각한 순간 순식간에 체중을 뒷발로 옮겨서 거의 시간 낭비 없이 발을 옮겼다.

'두 다리를 다 멈추지 않으면 안 되나?!'

나는 발밑에 진흙탕을 만들었다.

진흙에 발이 빠지기 전에 발밑에 물줄기를 만들고 미끄러지듯이 후퇴했다.

'이런, 늦었어…!'

그렇게 생각했을 때에는 이미 늦었다.

파울로는 진흙탕 가장자리에서 지면을 다지듯이 한 걸음.

그 발걸음에 지면이 파였다.

딱 한 걸음으로 내게 육박했다.

"우, 우와아아아아!!"

다급히 검으로 맞섰다.

형태고 뭐고 없는 꼴사나운 일격이었다.

힘만 실어서 휘두른 내 손에 미끌하니 불길한 감각이 전해졌다.

'수신류 기술로 흘려 넘겼어…'

그것만큼은 알겠다.

수신류 기술로 흘려 넘겼으면 그 다음은 카운터다.

알고 있지만 대처할 수 없었다.

슬로우 모션처럼 파울로의 검이 내 목덜미로 빨려들었다.

'아아, 목검이라 다행이다….'

목덜미에 충격을 느끼고 의식이 어둠으로 떨어졌다.

★　　★　　★

눈을 뜨자 작은 상자 안에 있었다.

덜컹덜컹 하고 크게 흔들리는 감각을 볼 때 여기가 탈것 안이라는 걸 알았다.

몸을 일으키려고 했지만 손가락 하나도 까딱할 수 없었다. 내려다보니 밧줄로 꽁꽁 묶여 있었다.

이른바 멍석말이다.

'어떻게 된 거지…?'

목을 돌려보니 누나가 한 명 앉아 있었다.

초콜릿색 피부, 노출도가 높은 가죽 옷. 불끈거리는 근육, 온몸에 흉터.

안대를 한 누님 스타일의 날카로운 얼굴.

그야말로 판타지의 여전사라는 느낌의 누나였다.

또 동물 같은 귀와 호랑이 같은 꼬리가 있으며 털이 좀 많았다.

수인족이라는 걸까?

내가 바라보는 걸 알았는지 눈이 마주쳤다.

"처음 뵙겠습니다. 루데우스 그레이랫이라고 합니다. 이런 모습으로 실례하겠습니다."

먼저 이름을 댔다. 대화의 기본은 먼저 말하는 것.

선수를 치면 주도권을 쥘 수 있다.

"파울로의 아들치고 예의가 바르군."

"어머님의 아들이기도 하니까요."

"그래. 제니스의 아들이었지."

부모님과 아는 사이인 모양이라서 조금 안도했다.

"길레느다. 내일부터 잘 부탁한다."

내일부터?

무슨 말이지?

"저기, 잘 부탁드리겠습니다."

"그래."

나는 일단 불 마술을 써서 밧줄을 태웠다.

몸이 아프다. 이상한 데서 잔 탓일까.

쭈욱 기지개를 켰다.

해방감.

좁은 방에서 손가락만 움직이는 것에는 익숙하지만, 새디스틱한 누나 앞에서 묶여 있는 건 이상한 기분이 드니까.

주위를 보니 현재 장소는 말 그대로 작은 상자였다.

앞뒤에 앉을 수 있는 자리가 있고, 나는 길레느와 마주보듯이 앉아 있었다.

좌우에는 창문이 있어서 바깥 경치가 보였다. 밖은 낯선 초원이었다.

예상한 대로 탈것이었다.

크게 흔들려서 오래 타고 있다간 멀미할 것 같았다.

진행방향에서 히잉히잉 소리가 났다. 말일까?

그렇다면 마차겠지.

나는 왠지 마차에 마초 누나랑 같이 타고 있다.

…헛!!

호, 혹시 나는 이 근육 우먼에게 납치당했나?!

귀여운 나를 데려다가 장난감으로 삼으려고?!

그만둬, 나, 나는 분명히 근육녀도 싫어하진 않지만, 나한테는 실피라는 마음에 둔 여성이 있어.

그러니까 하다못해 처음에는 부드럽게….

아니, 아니, 아니!!

지지, 지, 진정해. 이럴 때는 일단 진정해야 해.

소수를 세며 진정하는 거다.

소수는 1과 자신으로밖에 나눌 수 없는 고독한 숫자…. 나에게 용기를 준다고 신부님이 말씀하셨다.

3, 5, 어어, 11? 그리고 13? 어어, 어어….

모르겠어!!

소수 같은 건 아무래도 좋으니까 진정하자.

냉정하게 생각하는 거야. 왜 이런 상황이 되었는지를.

자, 심호흡.

"후우… 하아…."

좋아. 아는 범위 내로 상황을 정리해 보자.

일단 파울로가 갑자기 공격해 와서 나는 기절했다.

그리고 일어났더니 묶여 있고 마차 안이었다.

아마도 어떤 이유로 기절시키고서 마차 안에 실었겠지.

마차 안에는 내일부터 잘 부탁한다고 말하는 마초 우먼이 타고 있다.

그러고 보면 파울로는 공격하기 전에 묘한 소리를 하였다.

실피랑 헤어지라든가. 실피는 너한테 아깝다든가. 실피는 내 거라든가.

그, 그 로리콤 자식… 나의 실피에게까지 손을 대려고?!

아니, 뒷부분은 말하지 않았던가?

으음?

실피 생각을 하면 머리가 잘 안 돈다.

제길, 파울로 때문이다….

뭐, 물어보면 되려나.

"저기."

"길레느라고 불러라."

"아, 그럼 저를 루디라고 불러 주세요."

"알았다, 루디."

농담이 안 통하는 타입인 모양이다.

"길레느 씨. 아버님에게 무슨 이야기 못 들으셨습니까?"

"길레느면 된다. 씨는 필요 없어."

길레느는 그렇게 말하면서 품에서 편지 한 통을 꺼냈다.

그걸 그대로 내게 내밀었다. 받아 보았지만, 편지 표면에는 아무것도 적혀 있지 않았다.

"파울로의 편지다. 읽어라. 나는 글을 못 읽으니까 소리 내어서."

"예."

나는 적당히 접힌 편지를 펼쳐서 읽기 시작했다.

〈내 사랑하는 아들 루데우스에게.

이 편지를 읽고 있다면 나는 이미 이 세상에 없겠지.〉

"뭐라고!!"

길레느가 경악하여 소리치며 일어섰다.

이 마차, 의외로 천장이 높구나….

"앉으세요, 길레느. 아직 더 남았어요."

"음, 그래."

그렇게 말하고 길레느는 얌전히 앉았다.

계속해서 읽었다.

〈—라는 건 한 번 써 보고 싶었을 뿐이지 농담이다. 너는 나한테 얻어맞아 꼴사납게 뻗은 끝에 밧줄로 꽁꽁 묶여서 사로잡힌 공주님처럼 한심한 꼴로 마차에 내던져졌다. 무슨 일이 일어났는지 모를 거라 생각하니까 모든 것은 거기 있는 근육 덩치한테 들어라…라고 말하고 싶지만, 그 녀석은 뇌세포까지 근육으로 되어 있으니 제대로 설명도 못 하겠지.〉

"뭐라고!!"

길레느가 노성을 지르며 일어섰다.

"앉으세요, 길레느. 다음 줄에서는 칭찬하고 있어요."

"음, 그런가."

그렇게 말하자 길레느는 얌전히 앉았다.

계속해서 읽었다.

〈그 녀석은 검왕이다.

검술을 닦으려면 그 녀석 이상의 적임은 검사의 성지에라도 가지 않는 한 찾을 수 없겠지. 실력은 이 아버지가 보증한다. 아버지가 한 번도 이긴 적 없다…. 침대 위에서는 빼고.〉

일일이 쓸데없는 소리를 쓰지 마, 이 바보 아버지.

하지만 길레느는 꼭 싫은 것도 아닌 얼굴을 하고 있었다.

진짜 인기 많구나.

하지만 길레느는 강하구나.

〈자, 네 일 말인데, 피트아령에서 제일 큰 로아라는 도시에 사는 아가씨의 가정교사다. 산술, 읽고 쓰기, 또 간단한 마술을 가르쳐 주면 된다. 엄청나게 제멋대로인 아가씨라 학교에서 오지 말아달라는 부탁을 받을 정도로 난폭하다. 여태까지 몇 명의 가정교사를 쫓아냈다…지만 너라면 어떻게든 하리라고 믿는다.〉

왠지 될 대로 되라고 내던지는 기분이….

"기, 길레느가 제멋대로인 아가씨인가요?"

"그건 내가 아니다."

"그렇죠?"

계속해서 읽었다.

〈거기에 있는 근육 덩치는 아가씨의 집에 고용된 경호원 겸 검술 사범이다. 너한테 검을 가르치는 대신 자기도 산술이나 읽고 쓰기를 배우고 싶다고 했다더군. 뇌세포도 근육인 주제에 무슨 말이냐고 웃지는 말아라. 이 녀석도 분명 진지할 테니까 (웃음).〉

"아니…."

길레느의 얼굴에서 핏줄이 불거졌다.

이 편지는 나한테 상황을 설명하는 동시에 길레느를 약올리기 위한 것이기도 했나 보다.

두 사람은 무슨 관계일까….

〈결코 이해력이 좋은 편은 아니지만, 강사비가 굳는다고 생각하면 나쁜 이야기도 아니겠지.〉

강사비.

그래, 나는 이 사람에게 검을 배우는 건가. 파울로는 감각파니까, 더 나은 강사를 준비했나.

아니면 내 실력이 늘지 않아서 낙담했나.

마지막까지 좀 봐달란 말이야….

"길레느에게 검을 배우려면 보통 돈이 얼마나 드나요?"

"한 달에 아슬라 금화 두 닢이다."

금화 두 닢!!

록시가 내 가정교사를 맡으면서 매달 아슬라 은화 다섯 닢을 받았다.

딱 네 배인가. 과연, 분명히 나쁜 이야기는 아닐지도 모르겠다.

참고로 한 명당 한 달 생활비는 아슬라 은화 두 닢 정도라나.

〈너는 앞으로 5년 동안 아가씨네 집에서 하숙하며 공부를 가르치게 된다.

5년이다. 그동안 집에 돌아오는 걸 금한다. 편지 같은 연락도 금한다. 네가 있으면 실피가 자립할 수 없으니까. 또 실피만이 아니라 너도 그녀에게 의지하기 시작한 걸 느꼈으니까 억지로 떼어놓기로 했다.〉

"뭐…라고…?"

어, 뭐야?

자, 잠깐만.

…어?

뭐냐고, 이거? 5년 동안 실피를 못 만난다고?

편지도 안 돼?

"뭐냐, 루디는 연인과 헤어지고 왔나?"

절망적인 얼굴을 하자 길레느가 유쾌한 듯이 물었다.

"아뇨, 어른스럽지 못한 아버지에게 두들겨 맞고 왔습니다."

작별을 고할 틈도 없었다.

파울로, 잘도 이런 짓을 저질렀겠다….

"그렇게 풀 죽지 마라, 루디."

"저기."

"음?"

"역시 루데우스라고 불러주세요."

"그래, 알았다."

하지만 냉정하게 생각하면 파울로의 말도 지당했다.

분명히 지금 이대로 실피가 성장하면 흔해빠진 야겜에 나오는 소꿉친구 캐릭터처럼 될지도 모른다. 언제까지고 주인공에게 찰싹 달라붙어서 주인공이라는 세계의 중심을 따라 도는 위성 같은, 자기 자신이 없는 캐릭터.

현실 세계이면 학교에서 친구를 사귀든가 이것저것 배우든가 하면서 의존성이 사라지겠지만, 실피는 머리카락 때문에 친구를 못 사귄다.

5년이 지나도 나한테 계속 의존할 가능성은 크다고 할 수 있다.

나로서는 그래도 상관없지만, 주위 어른들은 그렇게 생각하지 않았겠지.

그도 그런가. 좋은 판단이야.

〈보수 말인데, 너한테는 매달 아슬라 은화 두 닢이 나온다. 가정교사의 시세보다 싸지만, 어린애 용돈으로는 많지. 틈이 나거든 시내에서 돈 쓰는 법을 배우도록. 돈이란 평소부터 버릇을 들이지 않으면 여차할 때 제대로 못 쓰게 되니까. 물론 우수한 내 아들이라면 안 가르쳐 줘도 잘 하겠지만… 아, 혹시라도 여자를 사거나 하진 마라?〉

그러니까 쓸데없는 한 마디는 쓰지 말라니까.

아니면 이건 그건가? 타○클럽 같은 그거?

절대 하지 마, 란 그거?

〈그리고 5년 동안 포기하지 않고 훌륭하게 아가씨에게 읽고 쓰기, 산술, 마술을 가르쳤을 무렵에는 특별보수로 마법대학의 학비 2인분에 상당하는 금액을 지불받는 계약이다.〉

과연.

5년 동안 성실하게 가정교사를 하면 약속대로 마음대로 해도 좋단 소린가.

〈뭐, 5년 뒤에 실피가 너를 따라간다고만 할 순 없고, 네 열기도 식어서 마음이 변할지도 모르지만. 실피한테는 이쪽에서 잘 말해 두마.〉

잘이라… 안 좋은 예감밖에 안 들어요, 파파.

〈5년 동안 완전히 새로운 장소에서 많은 것을 배우고 더욱 더 비약하기를 비마.

　　　　　　　　　　지성 넘치는 위대한 아버지 파울로가〉

뭐가 지성이냐…!!

힘밖에 없잖아!!

하지만 이번 판단에는 고개를 숙일 수밖에 없었다.

나를 위해서도, 실피를 위해서도.

실피는 외톨이가 될지도 모르지만, 자기 문제는 자기 힘으로 해결하지 않으면 아무리 지나도 성장할 수 없다.

나에게 매달리기만 해선 안 된다.

"파울로는 너를 사랑하는군."

길레느의 말에 나는 쓴웃음을 지었다.

"예전에는 더 냉담했지만요. 저랑 비슷한 부분이 있다는 걸 알면서 더 편하게 다가갈 수 있게 되었지요. 하지만 길레느는…."

"음? 내가 뭐?"

나는 마지막 한 줄을 읽었다.

〈추신 아가씨라면 합의하에 손을 대어도 좋지만, 근육 덩치는 내 여자니까 손대지 마라.〉

"라네요."

"흠, 그 편지를 제니스에게 보내 둬라."

"예."

이렇게 나는 피트아령 최대의 도시, 성채도시 로아로 가게되었다.

생각하는 바는 많았지만, 지금은 이거면 됐다. 조금 눈이 뜨였다. 응, 이거면 됐어. 실피랑 같이 있으면 안 돼. 결코 미련은 없어, 응.

그렇게 스스로에게 들려주었다.

'하지만 1년에 한 번 정도는 만나고 싶다….'

살짝 마음이 흔들리면서.

★   **파울로 시점**   ★

"휴우, 위험했다…."

기절한 내 아들과 진흙으로 더러워진 신발을 내려다보았다.

오늘로 검술을 가르치는 건 마지막이니까 실력을 좀 제대로 보여줘서 겁을 주고 아버지의 위엄이란 것을 보여준 뒤에 기절시키려고 했는데, 엄청난 반응속도로 마술을 써 왔다.

그것도 공격이 아니라 발을 빼기 위한 마술을 중심으로.

더군다나 전부 다른 마술이었다.

"역시나 내 아들. 싸우는 센스가 있어."

시간으로 치자면 한순간이었지만, 완전한 기습이었음에도 불구하고 세 걸음이나 움직였다.

특히나 마지막 한 걸음은 조금이라도 주저하면 다리가 붙들려서 단번에 당했겠지.

마술사를 상대로 세 걸음. 달리 동료가 있었으면 두 걸음 정도에서 원호가 들어왔겠지. 혹시 조금 더 거리가 있었으면 네 걸음이 필요했다.

내용적으로는 완벽하게 졌다.

이대로 어디 파티에 넣어서 미궁 탐색을 시켜도 마술사로서 더 없이 도움이 되겠지.

"역시나 수성급 마술사에게서 자신감을 빼앗는 천재인가…."

내 아들이지만 앞날이 두렵다.

하지만 기쁘다.

여태까지는 나보다도 재능 있는 녀석에게 질투밖에 하지 않았지만, 내 아들이면 신기하게도 기쁜 마음밖에 들지 않았다.

"어차, 이런 소리를 할 때가 아니지. 서두르지 않으면 롤즈가 오겠어."

재빨리 기절한 아들을 밧줄로 묶고, 그게 끝날 즈음에 도착한 마차에 실었다.

타이밍 좋게 롤즈도 왔다.

실피도 함께였다.

"루디?!"

실피는 밧줄에 묶인 루데우스를 보고 도우려는 것인지 느닷없이 중급 마술을 무영창으로 날려 왔다. 어렵잖게 피했지만, 무영창인 데다가 마력도 속도도 나무랄 데 없는 마술이었다.

내가 아니었으면 죽었겠지.

루데우스, 이딴 걸 가르쳐 줬냐!

길레느에게 편지를 건네고 루데우스를 마차에 실은 뒤에 마부에게 얼른 출발하라고 전했다.

힐끗 보니 롤즈가 웅크려 앉아서 실피에게 뭐라고 말하고 있었다. 그래, 교육은 부모 몫이지. 루데우스에게 맡겨놨던 만큼 자기가 되찾아 놓으라고, 롤즈.

휴우 숨을 내쉬고 따뜻한 눈으로 지켜보는데, 잠시 뒤에 바람을 타고 실피의 목소리가 들려왔다.

"알았어. 루디를 구해낼 수 있을 만큼 강해질래…!!"

음, 내 아들은 사랑받는군.

그걸 보고 있자니 집 안에서 두 아내가 나왔다.

위험하니까 볼 거면 집 안에서 보라고 말해 두었는데, 배웅 나온 걸까.

"아아, 내 귀여운 루디가 가 버리네."

"마님. 이것도 시련입니다!!"

"알고 있어, 리랴. 아아, 아아아, 루데우스!! 여행을 떠나는 아들!! 그리고 외동아들을 빼앗긴 불쌍한 나!!"

"마님, 이미 외동아들이 아닙니다."

"그랬지. 여동생이 둘이나 태어났으니까."

"둘…!! 마, 마님!!"

"괜찮아, 리랴. 나는 당신 아이도 사랑해 줄 거야!! 나는 당신을 사랑하는걸!!"

"아아!! 마님, 저도 그렇습니다!!"

완전히 연극조의 어조로 마차를 지켜보았다.

루데우스는 우수하니까, 이 두 사람도 그렇게 걱정하지 않는다.

그렇기는 해도 이 둘, 사이좋구나. 나로서도 사이좋게 지내준다면 기쁘지만.

아니, 사이좋게 나를 괴롭히는 건 그만두면 기쁘겠는데.

"하지만 동생들이 철들 무렵이면 루데우스는 없나…."

루데우스도 멋진 오빠 계획이란 걸 목표했나 본데 아쉽군.

귀여운 딸의 애정은 아버지가 독점하게 된다.

크흐흐.

아니, 잠깐만. 이제부터 루데우스는 저 검왕 길레느에게 영재교육을 받는다.

5년 뒤면 12세. 몸은 이미 충분히 성장한다.

돌아올 무렵에 마술을 섞은 모의전이라도 하면 내가 루데우스한테 못 이기는 거 아냐?

이런, 5년 뒤의 아버지의 위엄이 위험하다.

"여보, 리랴. 루디도 없어졌으니까 나도 좀 단련하기로 하겠어."

제니스의 차가운 얼굴. 리랴가 제니스에게 속닥속닥 귀엣말을 건넸다.

"루데우스 님에게 질 것 같으니까 이제야 위기감을 느낀 거지요."

"예전부터 그랬어. 질 것 같지 않으면 노력을 안 해."

때는 늦어서 이미 아버지의 위엄이 위험했다.

'뭐, 위엄 같은 건 없어도 되지만.'

괜히 위엄만 부리는 아버지라면 충분히 아는 만큼 진심으로 그렇게 생각한다. 나는 조금 더 여자한테 사족을 못 쓰는 글러먹은 아버지 행세를 한다. 위엄 같은 건 없지만 친근한 아버지를 목표로 한다. 하다못해 세 자식이 어른이 될 때까지는….

힐끗 제니스를 보았다.

아이를 둘이나 낳았다고 생각할 수 없는 몸이다….

'뭐, 넷째, 다섯째를 만들면 더 길어지겠지만. 이히히.'

뭐, 넷째 아이 이야기는 치워두고.

'루데우스….'

나라도 이런 식을 좋아하는 건 아냐.

하지만 너는 말로 해서 안 들을 테고, 나도 말로 잘 타이를 자신이 없다.

그렇다고 아무것도 안 하고 지켜보는 것도 부모로서 실격이다. 내 힘이 부족해서 남의 도움을 빌렸지만, 이렇게까지 해 주었다. 너무 억지스러울지도 모르지만 똑똑한 너라면 알아주겠지….

아니, 알아주지 않아도 좋다.

네 앞날에 일어나는 일은 분명 이 마을에서 맛볼 수 없는 것이다. 이해 못하더라도 눈앞의 일에 대처해 가면 분명 네 힘이 된다.

그러니까 원망해라.

나를 원망하고 나에게 대적할 수 없었던 네 무력함을 저주해라.

나도 아버지에게 억눌리면서 자랐다.

그걸 뛰어넘을 수 없어서 뛰쳐나왔다.

그 점을 후회하기도 한다. 반성하기도 한다. 네가 똑같은 생각을 하지 않았으면 한다.

하지만 나는 집을 뛰쳐나와서 힘을 손에 넣었다.

아버지에게 이길 힘인지는 모르겠지만, 원하는 여자를 손에 넣고 지키고 싶은 것을 지키고 나이 어린 아들을 억누를 수 있을 정도의 힘을.

반발하고 싶다면 해라.

그리고 힘을 얻어서 돌아와라.

하다못해 아버지의 횡포에 지지 않을 정도의 힘을 말이지.

루데우스가 탄 마차를 바라보면서 파울로는 그런 생각을 하였다.

번외편

그레이랫 가문의 어머니

내 이름은 제니스 그레이랫.

출신은 미리스 신성국. 오랜 역사를 가진 나라로 청렴이라는 말이 잘 어울리는 아름다우면서도 고지식한 나라다.

나는 그런 나라에서 백작 가문의 차녀로 태어났다.

이른바 양가집 규수다.

당시의 나는 집 밖을 모르는 소녀였다. 내 눈에 보이는 범위가 세계의 전부라고만 생각하는, 세상 물정 모르는 아이였다.

그래도 내 입으로 말하기는 좀 그렇지만 착한 아이였다고 생각한다.

부모님의 말씀에는 거스르지 않았고 학교 성적도 좋았다.

미리스 교의 가르침도 잘 지켰고 사교계에서도 좋은 평판을 얻었다.

일부에서는 '미리스 영애의 귀감'이라는 말까지 들었을 정도다.

부모님에게도 자랑할 만한 딸이라고 여겨졌겠지.

그대로 자랐으면 언젠가 어느 파티에서 부모님이 정한 상대와 맺어졌을 터였다.

그건 분명 어느 후작 정도의 장남. 품행방정하지만 자존심이 강하고 미리스 교의 가르침을 절대적으로 따르는 미리스 귀족의 모범 같은 사람이다. 그런 상대와 결혼하고 자식을 낳고, 어디에 내놔도 부끄럽지 않은 귀족 부인으로서 미리스 신성국의 귀족 명부에 기록된다— .

그게 내 인생, 미리스 귀족 영애로서의 '길'이었다.

하지만 내가 그 '길'을 걷는 일은 없었다.

성인이 된 날, 15세 생일.

나는 부모님과 싸웠다. 태어나서 처음으로 부모님에게 거역하고 집을 뛰쳐나갔다.

부모님의 말씀을 계속 지키는 것이 싫어지기도 했다.

여동생인 테레즈가 나보다도 훨씬 자유분방해서 그게 부럽기도 했다.

여러 요인이 나로 하여금 '길'에서 벗어나게 했다.

귀족이 '길'을 벗어나서 살아가기란 힘들다.

하지만 다행스럽게도 나는 귀족학교에서 치유 마술을 배웠다. 그것도 중급까지.

미리스 신성국은 치료 마술이나 결계 마술이 왕성한 나라지만, 그래도 대부분의 사람은 치료 마술을 초급 정도까지만 습득한다. 치료 마술의 중급까지 습득하면 미리스 교단이 운영하는 치료원에 취직할 수도 있기 때문에 학교에서 특별대접을 받는다.

그렇기에 나는 스스로를 우수하다, 어디서든 먹고 살 수 있다, 그렇게 자부하였다.

얕은 생각이었다.

숙소 잡는 법도 모르는 나는 금방 못 된 인간들에게 찍혔다.

그들은 '치료 마술사를 모집하고 있다'는 말로 돈의 가치도 뭐도 모르는 나를 자기네 파티에 끌어넣었다. 제시된 보수는 초급 치료 마술사가 받는 것보다도 훨씬 쌌지만, 그들은 그게 시세보다 높다고 우겼다.

정당한 보수를 받지 못하고 싸구려 회복사로 쓰려는 생각이었겠지.

바보 같은 나는 표면상으로만 친절한 그들을 보고 세상에는 좋은 사람이 있다고 생각했다.

혹시 그대로 그들을 따라갔으면 더 심한 꼴을 겪었을 것이다. 마물에게 방패로 삼거나 기절할 때까지 마술을 쓰게 하거나, 어쩌면 몸을 요구하거나 했을지도 모른다.

그걸 미연에 막은 것은 파울로 그레이랫이라는 청년 검사였다.

파울로는 못된 놈들을 때려눕히더니 나를 억지로 자기 여행의 파티로 끌어넣었다.

그와 같은 파티에 있던 엘리나리제라는 사람이 잘 설명해 주지 않았으면 나는 파울로를 악당이라고 생각했겠지.

아무튼 나는 이렇게 파울로와 만났다.

당초에 나는 파울로를 싫어했다.

아슬라 귀족이었던 것치고 말은 험하지, 약속은 깨지, 감정적이지, 돈에는 쪼잔하지, 사람을 바보로 알지, 툭하면 엉덩이를 만지려고 들지, 뿐만 아니라 흑심이 그대로 들여다보이는 태도로 다가오기도 했다.

하지만 나쁜 사람이 아니라는 건 알 수 있었다.

그는 언제나 나를 도와주었다.

세상 모르는 나를 놀리면서도 어쩔 수 없다고 투덜대면서 손을 빌려주었다.

파울로는 나와 정반대였지만, 든든하고 자유분방하고 멋졌다.

내가 그에게 끌린 것은 그리 이상한 일도 아닐 것이다.

물론 그의 주위에는 매력적인 여자가 많았고, 나는 미리스 교도였다.

미리스 교의 가르침에는 '남녀는 서로 한 명만을 사랑하라' 라는 것이 있다.

집을 뛰쳐나온 나지만, 어렸을 적부터 거듭 듣고 학교에서도 상식으로 배워온 미리스의 가르침이 착실하게 뿌리 내려 있었다.

그러니까 다음날 나는 말했다.

'다른 여자한테 손대지 않을 거면 안아도 돼' 라고.

그는 웃으면서 승낙했다.

그게 거짓말이라는 자각은 있었다.

하지만 그래도 좋다는 마음 또한 있었다.

속으면 정도 떨어질 거라고.

나는 이때도 역시나 생각이 짧았고 어리석고 어수룩했다.

왜냐면 그 한 번으로 아이가 생겼으니까.

어떻게 해야 할지 몰랐다. 불안하기 짝이 없었다.

설마 파울로가 책임을 지고 결혼해 줄 거라고는 생각도 하지 않았다.

그렇게 태어난 아이가 루데우스 그레이랫.

—루디다.

★　　★　　★

루디는 현재 자기 여동생이 잠든 요람 옆에 앉아 있다.

그 표정은 진지 그 자체다.

파울로를 닮은 단정한 얼굴에 한껏 긴장을 띠고 두 여동생을 교대로 보았다.

"아, 아아～!"

노른이 칭얼거린 순간 루디의 표정이 한껏 굳었다.

하지만 다음 순간.

"어루루루루～."

루디가 혀를 내밀며 이상한 표정을 했다.

"까아, 꺄, 빠아, 파아!"

그걸 본 노른이 기쁜 듯이 웃었다.

루디는 노른의 웃음을 보고 만족한 것처럼 끄덕이더니 또 진지한 표정으로 돌아갔다.

"우우, 아아!"

이번에는 아이샤가 칭얼거렸다.

그러자 루디는 즉각 그쪽을 보고.

"앗춈부리케*."

뺨에 손을 대며 이상한 표정을 했다.

"꺄아, 아죠오."

그러자 아이샤도 기쁜 듯이 웃었다.

루디는 노른 때와 마찬가지로 회심의 미소와 함께 끄덕였다.

방금 전부터 루디는 그걸 계속 반복하였다.

"우후후…."

루디의 미소를 보고 내 입에서도 작은 웃음소리가 새어나왔다.

왜냐면 루디는 별로 웃지 않는다.

뭔가 만족스러운 것이 없는 모양인지 검술을 배울 때에도 마술을 배울 때에도 항상 진지한 표정이었다.

부모에게도 웃는 얼굴을 보여주지 않았다.

보여주었다고 해도 억지로 만든 미소를 보여줄 뿐이다.

그런 그가 이상한 표정을 지어 여동생이 웃는 것을 보고 만족스러워 하며 웃었다.

그걸 보고 있기만 해도 왠지 즐거운 기분이 들었다.

과거와는 천지차이다.

"휴우…."

루디가 어렸을 적을 떠올리며 나는 한숨을 쉬었다.

과거에 루디에게 마술의 재능이 있다는 걸 알고 기뻐 날뛰던 나였지만, 얼마 뒤에는 루디가 사실은 부모를 얕잡아보며 가족

※앗쵸부리케 : 만화 『블랙잭』의 캐릭터 피노코가 놀랄 때 내는 소리. 아무런 의미도 없는, 단순히 특이한 말이다.

295

에 대한 애정도 없는 걸지 모른다는 의혹을 갖게 되었다.

루디는 나를 따르지 않았으니까.

"…하지만 그건 아니었어."

내 마음이 바뀐 것은 임신 소동 때였다.

리랴가 임신하고 파울로가 자백했다.

그때 나는 배신당했다고 생각했다.

파울로에게도, 그리고 리랴에게도.

특히나 파울로는 약속을 깨뜨린 거니까 폭발 직전이 될 정도
의 분노가 솟았다. 조금이라도 마음을 놓았다간 리랴한테 나가
라고 소리치든가 내가 나가겠다고 소리치든가, 둘 중 하나가
되었을지도 몰랐다.

거짓말에 정나미가 떨어질 거라고 결혼 전에 생각하기도 했
다.

그런 일이 일어날 때까지 잊어버렸나 보지만, 뿌리 깊숙한
곳에 남아 있었던 모양이다.

내 마음은 이미 이혼까지 생각할 정도로 몰려 있었다.

하지만 그런 마음은 루디의 말에 사라졌다.

그는 어린애 같은 태도를 취하며 자리를 잘 수습하려고 했
다.

방법은 그리 좋지 않았다.

루디의 변명으로도 나는 파울로를 용서할 수 없었다.

하지만 나는 루디의 말과 표정에서 그 안에 담긴 본심을 느
꼈다.

'가족 관계가 깨지는 것에 대한 불안'

그걸 깨달은 순간 생각했다.

아아, 이 아이도 이 아이대로 가족을 소중히 여기고 있구나, 라고.

그런 마음이 든 순간 그가 가족에게 애정이 없다는 의심은 사라졌다.

동시에 아이를 불안하게 만들어선 안 된다는 마음도 생겨나서 분노가 싹 사라졌다.

그리고 파울로도 리랴도 순순히 용서해 주었다.

루디가 없었으면 이렇게 되지 않았겠지.

"으음, 노른은 귀여워용~, 장래에는 엄마를 닮은 미인이 되겠어용~. 그러면 같이 목욕도 해야지용~."

바로 그 루디는 노른의 작은 손을 잡고 얼러 주었다.

평소에는 그렇게나 진지한 얼굴을 하는 루디가 저런 말씨까지 써가면서 동생의 기분을 맞춰주는 모습은 뭐라고 할까—.

'든든해….'

이전부터 루디가 대단하다고 생각했지만, 마지막에는 든든함마저 느꼈다.

노른과 아이샤가 태어났을 때에는 정말로 고생이었다.

두 딸은 밤에도 아랑곳 않고 울고, 모유를 주면 토하고, 몸을 씻기는 도중에 똥도 쌌다.

리랴는 이게 당연합니다, 보통입니다, 그렇게 말했지만, 나는 밤에도 잠들지 못해서 완전히 지쳐 버렸다.

거기에 루디가 와서 맡겨달라는 듯이 척척 도와주었다.

그 솜씨는 숙련된 느낌마저 들었다.

마치 이전에 해 본 적이 있는 것 같았다.

설마 자기가 어렸을 적의 일을 기억하는 것도 아닐 테니까 리랴가 하는 걸 보고 배웠겠지.

역시나 루디라고 해야겠다.

부모보다도 아이를 더 잘 돌보는 모습에 생각하는 바도 있지만, 정말로 도움이 되었다.

루디만큼 갓 태어난 동생을 든든하게 잘 돌보는 아이를 나는 모른다.

루디를 보고 있으면 나는 미리스 신성국에 있을 친오빠가 떠오른다. 루디와 비슷하게 성실하고 근면하며 재능 있는 사람으로 아버지에게는 귀족의 귀감 같은 남자라는 말을 들었지만, 사실 가족에게는 차가운 사람이라서 동생을 공기처럼 다루었다.

귀족으로서는 훌륭한 사람이라고 생각하지만 오빠로서는 존경하지 않는다.

하지만 루디라면 그럴 일 없겠지.

여동생에게도 존경받는 좋은 오빠가 될 게 틀림없다.

실제로 본인도 그럴 생각인지 파울로와 둘이서 나란히 노른과 아이샤를 보면서 '저는 존경받는 멋진 오빠를 목표로 하겠습니다' 같은 선언을 하였다.

장래에 루디와 이 아이들이 어떤 식의 남매가 될지 벌써부터 정말 기대가 되었다.

"아아~! 아갸아아~!"

그런 생각을 하는데 노른이 큰 소리로 울기 시작했다.

루디는 흠칫 몸을 떨더니 노른을 향해 또다시 이상한 얼굴을 하며 얼러주었다.

"아앙~! 우아아아!"

하지만 노른은 울음을 멈추지 않았다.

루디는 기저귀를 만져서 오줌 싼 게 아닌지 확인하거나 안아 주거나 잘못 눕힌 게 아닌지 확인했지만, 전혀 울음을 그치지 않았다.

나라면 분명 허둥거리며 큰 소리로 리랴를 불렀겠지. 그리고 리랴가 장 보러 나간 걸 떠올리고 패닉에 빠졌을지도 모른다.

하지만 루디는 당황하지 않았다.

하나하나 원인을 찾아가다가 마침내 한 차례 손뼉을 치고 이 쪽을 돌아보았다.

"어머님, 아무래도 젖 줄 시간인가 봐요."

그러고 보니 벌써 그런 시간인가.

여동생들과 노는 루디를 보고 있으니 순식간에 시간이 지나 갔다.

"그래, 그래."

"자, 이쪽입니다."

나는 루디의 말에 따라 의자에 앉았다.

옷 앞쪽을 풀고, 계속 울어대는 노른을 안아 주었다.

루디의 예상대로 배가 고팠는지 노른은 금방 젖꼭지를 입에 물고 맛있게 모유를 먹기 시작했다.

이럴 때에 내가 어머니가 되었다는 실감이 강하게 끓어올랐다.

"…음?"

문득 루디의 시선을 알아차렸다.

루디는 내가 젖을 주려고 할 때부터 가슴을 물끄러미 쳐다보고 있었다.

그건 아주 욕심난다는 듯한 야한 시선이라서 일곱 살짜리 애라고 생각할 수 없었다.

파울로와 나란히 서서 똑같은 눈을 하고 있으면 부자가 맞구나 싶어서 흐뭇한 기분도 들겠지만, 이 나이부터 이래선 장래가 좀 불안해진다. 파울로처럼 여러 여자한테 손을 대서 울리거나 하지 않을까 하는 마음이 들었다.

"어때, 루디. 너도 먹을래?"

"옛?!"

장난삼아서 물어보자 루디는 깜짝 놀란 표정으로 시선을 돌렸다.

그리고 새빨간 얼굴로 변명하듯이 말했다.

"아뇨, 별로. 그냥 잘도 먹는구나 싶어서 봤을 뿐입니다."

"우후후."

그런 귀여운 모습에 무심코 웃음소리가 나왔다.

"안 돼, 이건 노른 꺼니까. 루디는 더 어렸을 적에 많이 먹었으니까 참으렴."

"…물론입니다, 어머님."

물론이라고 말하는 것치고 루디는 다소 아쉬운 얼굴을 하고 있었다.

이런 루디의 모습은 보기 어렵다. 정말이지 사랑스러움이 끓어올랐다.

더 놀려 보자.

"으음, 꼭 그러고 싶거든 루디한테 색시가 생겼을 때 부탁해 보면 좋을지도 모르겠네."

"그렇군요. 그때는 그렇게 하겠습니다."

어머나. 분명히 울컥해서 한 마디 할 줄 알았는데, 이해했다는 얼굴로 넘겨버리다니.

놀리는 걸 알아차린 걸까?

조금 재미없지만 루디답다고 할 수 있겠지.

"…강요하면 안 돼?"

"알고 있어요."

이렇게 어른스러운 모습을 보면 역시 조금 적적하기도 하다.

"꺼억."

식사가 끝난 노른에게 트림을 시키고 다시 요람에 눕혔다.

젖은 가슴을 천으로 닦는데, 또 루디가 물끄러미 쳐다보았다.

으음, 이래선 이 아이의 아내가 될 사람은 힘들겠네.

지금의 유력 후보는 실피지만, 그 아이는 루디가 시키는 대로 하는 면이 있으니까 싫더라도 그렇게 말할 수 없겠고….

좋아.

혹시 그 때가 오거든 내가 루디에게 따끔하게 말해줘야지.

어머니로서.

파울로는 여자를 꼬시는 법만 가르칠 테니까 나는 그 뒷일을 가르치자.

"으음…."

배가 부른 노른은 만족한 얼굴을 했지만, 곧 꾸벅꾸벅 졸기 시작했다.

잘 시간인 모양이다.

"많이 먹고 많이 자고 건강하게 자라렴."

노른의 머리를 쓰다듬으면서 그렇게 말할 때였다.

"아아~! 아아~!"

아이샤가 다소 조용하게 칭얼거렸다.

루디는 곧 내 가슴에서 시선을 때고 아이샤에게 달려갔다.

"으음, 왜 그러나요, 아이샤~. 등이 가려운가요~?"

루디는 방금 전에 노른에게 그랬듯이 안아주거나 기저귀 상태를 확인하거나 땀띠나 벌레 물린 데가 없는지 확인하고….

마지막으로 아이샤를 안은 채로 난처한 얼굴로 이쪽을 보았다.

루디가 이런 얼굴을 하는 일은 드물다.

루디의 여러 표정을 볼 수 있는 건 기쁘지만, 어두운 얼굴은 별로 보고 싶지 않다.

"왜 그래?"

"저기, 어머님. 오늘은 리랴가 늦네요."

"그러고 보면 그렇지."

평소라면 장 보러 나가도 이 시간이면 돌아온다.

무슨 일이라도 있는 걸까?

…아니, 분명히 오늘은 성채도시 로아 쪽에서 상인들이 온다
고 그랬다. 그래서 평소보다 물건을 많이 사올 예정이라고 그
랬으니까 조금 시간이 걸리는 걸지도 모르겠다.

"저기, 아이샤가 말이죠."

"응."

"배가 고픈 모양입니다."

"그래."

생각해 보면 노른과 같은 시간에 젖을 주었으니까 아이샤도
같은 시간에 배가 고프겠지.

평소에는 내가 노른에게, 리랴가 아이샤에게 각각 젖을 먹였
는데….

그때 나는 루디의 난처한 표정을 깨달았다.

루디는 그 표정인 채로 조심조심 말했다.

말을 가리면서.

"어어, 저기, 어머님. 리랴는 언제 돌아올지 모르고, 저기, 조
금이라면 아이샤에게 참으라고 해도 좋겠지만, 아이샤를 이대
로 울게 내버려 두면 노른도 울겠고, 그게…."

나는 경건한 미리스 교도다.

고로 지금 일부일처의 규정을 깬 파울로나 리랴에게 나름 생각하는 바는 있다. 그들이 미리스 교도가 아니라는 걸 알지만, 역시 내 생각을 굽히는 건 조금 싫었다.

그 사실을 루디는 민감하게 알아차렸겠지.

자기의 말 한 마디로 어머니가 불쾌해지지 않을까.

또 한 명의 여동생을 어떻게든 하지 않을까.

그렇게 불안하겠지.

루디에게 노른도 아이샤도, 그리고 나도 모두 가족이다.

그리고… 이렇게 된 이상 나도 그렇게 해야 한다.

하지만 정말로 괜찮을까.

아이샤에게 젖을 주면서 불쾌한 기분이 들지 않을까.

그리고 루디가 그걸 보고 싫어하거나 경멸하거나 하지 않을까.

"루디도 참, 무슨 말을 하는 거니. 자, 얼른 아이샤를 이리 줘."

나는 불안을 지우듯이 가능한 한 부드러운 목소리로 루디에게 말했다.

"예."

루디는 조심스럽게 아이샤를 내게 안겨주었다.

나는 아이샤를 안고 방금 전과 반대쪽 가슴을 드러내어 아이샤에게 물렸다.

혹시 아이샤가 그걸 싫어했으면 나도 화를 냈을지도 모르지만, 아이샤는 아무렇지도 않게 젖을 빨기 시작했다.

"…휴우."

나는 루니에게 들리지 않도록 안도의 숨을 내쉬었다.

가슴속에서 솟구친 것은 노른에게 젖을 줄 때와 비슷한 감각.

다시 말해 어머니라는 실감이다.

신기하다.

왜 나는 아이샤에게 젖을 주는 걸 잠깐이나마 싫다고 생각했을까.

아이샤가 젖을 물었을 때 왜 불쾌하다고 생각했을까.

참아야한다고 생각했을까.

물론 대답은 간단하다. 나도 안다.

내가 어머니이기 때문이다.

결국 다름없다. 미리스 교도든 뭐든.

"잘도 먹네."

"으음, 어머니 젖은 맛있으니까요."

"그런 말은 필요 없어."

루디는 열심히 젖을 먹는 아이샤를, 그리고 그걸 싫어하지 않는 나를 안도한 얼굴로 바라보았다.

여동생을 지키는 것도 오빠의 일이라고 생각했을까.

좋은 마음가짐이다.

동생에게 존경받는 오빠가 된다는 결의는 거짓이 아니었겠지.

물론 내가 아이샤를 해칠지도 모른다고 생각하는 건 좀 그렇지만.

"빈말이 아니에요. 맛을 잘 기억해요."

"정말일까?"

가볍게 웃으면서 아이샤의 머리를 쓰다듬어 주었다.

잠시 뒤에 아이샤도 배가 부른지 입을 떼었다.

그리고 노른과 마찬가지로 꾸벅꾸벅 졸기 시작하기에 요람으로 돌려놓았다.

루디는 평소보다 다정한 눈으로 나와 아이샤를 바라보았다.

"루디."

"예, 말씀하세요."

"쓰다듬어줘도 될까?"

"…허가 같은 건 필요 없어요. 마음대로 쓰다듬으세요."

루디는 천천히 내 옆에 앉아서 머리를 내밀었다.

나는 가볍게 그 머리를 쓰다듬었다.

루디는 초산이었고 손이 많이 가지 않는 아이였으니까 키우면서 별로 어머니라는 실감이 들지 않았지만 최근에는 다르다.

나는 이 아이의 어머니라고 진심으로 느꼈다.

"……."

문득 온기가 느껴져서 고개를 돌렸다.

화창한 봄의 햇살이 창문으로 들어오고 있었다.

창밖에는 황금색 보리밭이 한없이 펼쳐졌다.

온화한 봄의 오후.

조용하고 만족스러운 기분.

왠지 너무 행복하다.

"이런 시간이 계속되면 좋겠구나."

"그러네요."

내 말에 루디가 수긍했다.

루디 또한 이 공간을 기분 좋게 여기겠지.

하지만 내가 행복하다고 느낄 수 있는 것은 분명 루디 덕분이다.

혹시 루디가 없었으면 경건한 미리스 교도인 나는 두 아내 중 한 명이라는 존재가 된 것에 대해 불행을 한탄하며 노른을 데리고 여행에 나서든가, 아이샤와 리랴를 괴롭혔을지도 모른다.

루디가 있어 주어서 다행이었다.

루디가 똑똑하고 현명한 아이가 아니었으면 분명 지금 이 기분은 맛볼 수 없었을 테니까.

"루디."

"왜 그러세요?"

"태어나 줘서 고마워."

루디는 얼떨떨한 얼굴을 하였다.

그리고 벅벅 머리를 긁적이며 부끄러운 듯이 말했다.

"저야말로 감사합니다."

그렇게 귀여운 루디의 모습을 보고 나는 또 킥킥 웃었다.

1권 끝

머리 : 살짝 기른 후 →

캐릭터 디자인안
실피에트

머리 : 첫 대면 때
별로 바뀐 게 없나…

후드로 머리카락을 숨긴다든가

화상 자국

왼쪽 눈 밑에 눈물점

7세

캐릭터 디자인안
루데우스

로브 있음

로브 없음

스태프

리랴 : 뒷머리

제니스 : 뒷머리

파울로 : 검

길레느 : 검

무직전생 ~ 이세계에 갔으면 최선을 다한다 ~ **1**

2015년 4월 7일 초판 발행
2023년 11월 30일 15쇄 발행

저자	리후진 나 마고노테
일러스트	시로타카
옮긴이	한신남

발행인	정동훈
편집인	여영아
편집 팀장	황정아
편집	노혜림

발행처	(주)학산문화사
등록	1995년 7월 1일
등록번호	제3-632호
주소	서울특별시 동작구 상도로 282 학산빌딩
편집부	02-828-8838
영업부	02-828-8986

ISBN 979-11-256-0602-4 04830
ISBN 979-11-256-0603-1 (세트)

값 8,800원